돈대의 시

- 불무골 어머니 아버지께

돈대의 시

불무골 어머니 아버지께

박종영 엽서시집

도화

돈대의 시

초판 1쇄인쇄 2017년 2월 11일
초판 1쇄발행 2017년 2월 15일

저　자　박종영
발행인　박지연
발행처　도서출판 도화
등　록　2013년 11월 19일 제2013－000124호

주　소　서울시 송파구 중대로34길 9-3
전　화　02) 3012－1030
팩　스　02) 3012－1031
전자우편　dohwa1030@daum.net
인　쇄　(주)미래프린팅

ISBN I 979－11－86644－28－7 *03810
정가 10,000원

도화道化, fool는
고정적인 질서에 대한 익살맞은 비판자,
고정화된 사고의 틀을 해체한다는 뜻입니다.

삶의 즐거움이 없다는 어머니

이 글들은 홀로 계신 어머니에게 한 해 동안 보내드린 엽서를 모은 것이다. 갑자기 아버지를 여의시고 삶의 낙이 없다는 어머니 말씀을 듣고 말할 수 없이 부끄럽고 안타까웠다. 자식의 입장에서 어머니를 위해 해드릴 수 있는 것을 찾다가 엽서를 보내드리는 것이 좋을 것 같아 틈틈이 부치게 된것이다. 어머니는 읽으신 엽서를 다락 한편에 차곡차곡 모아 놓았다가 돌려 주셨다.

그 몇 년 후 어머니는 마다했지만 가까운 일가친척들을 모시고 어머니를 위한 조촐한 칠순잔치를 마련했다. 그 자리에서 엽서 중 몇 편을 읽어드릴 기회가 있었다. 그때 참석했던 친지들 중 몇 분이 엽서의 내용이 좋다며 가능하면 책으로 엮어보라는 격려의 말씀을 해 주셨다.

하지만 게으름을 피우다 보니 시간이 많이 흘렀다. 아버지뿐 아니라 어머니까지 돌아가신 지금 책을 내려니 한없이 죄송한 마음도 들고 무슨 의미가 있을까 하는 생각도 든다. 하지만 뒤늦긴 했어도 어머니 1주기를 맞아 출간하는 것도 의미 있을 것 같아 밀린 숙제하듯 책으로 엮는다.

엽서 중간 중간에 어머니와 동고동락한 돈대 사람들 얘기를 새참 내듯 몇 편 실었다. 이 글들은 대부분 엽서보다 오래된 것으로 돈대에서 들은 것이다. 그 시절 사랑방에 앉아 있으면 창문 너머로 돈대에서 공동우물가에서 아니면 성갑이형네 삐조리 감나무 밑에서 어르신들끼리 나누는 얘기를 심심치 않게 들을 수 있었다. 처음엔 성가시기도 했지만 가만히 듣다보니 흥미가 생겼고 나도 모르게 그 내용들을 가감없이 끄적거리게 되었다. 아무런 제약이 없는 상태에서 둘 혹은 셋이서 자유롭게 주고받는 내용이다 보니 화자에 따라 사사로운 감정이나 글의 재미를 위해 꾸밈과 과장이 있을 수도 있었을 것이다. 하지만 그곳에서 나고 자란 입장에서 보면 거의가 사실을 바탕으로 구술한 진정성 있는 것으로 믿어 의심치 않는다.

등장인물 대부분은 불무골에서 어머니와 희로애락을 같이 했던 분들로 그분들의 명예를 실추시킬 의도는 추호도 없음을 밝힌다. 그 중 다수는 이미 유명을 달리 했지만 당사자 혹은 후손의 입장에서 보면 속상한 내용이 있을 수도 있겠다.

하지만 사실 여부가 분명해야 하는 다큐멘터리가 아닌 허구와 상상이 허용되는 문학작품으로 이해하고 양해해 주시길 바란다.

몇 해 전 수첩을 우연히 발견하고 그 중 몇 편을 적적하실 어머니께 읽어 드렸더니 어머니는 아는 분들 애기라 그런지 매우 즐거워하셨다. 그와 함께 사실 관계가 불명확한 곳이 있음을 지적해 주셨는데 차일피일 미루다가 급작스럽게 어머니마저 여의고 나니 그만 고칠 기회를 놓치고 말았다.

지금 어머니도 안 계신 불무골은 각종 개발과 함께 점점 옛 청취를 잃고 있는 것 같아 안타깝다. 하지만 내 마음속 불무골 돈대는 아직까지 언젠가는 돌아가야 할 따스한 고향으로 남아 있다. 다소 미흡하지만 후손들을 위해서라도 불무골에서 어머니와 동고동락을 같이 했던 분들을 기록으로 남기는 것이 의미 있을 것 같아 함께 책으로 묶는다.

2017년 겨울 불무골 돈대에서
박종영

차례

작가의 말 _ 삶의 즐거움이 없다는 어머니

사랑하는 어머니

전화 걸어서 저녁은 드셨느냐? 몸은 어떠시냐?

형식적인 문안 인사를 드리는 것보다는

한두 줄이라도 엽서나 편지를 드리는 것이

더 낫겠다는 생각에 진작부터

글을 올린다는 것이 차일피일 미루다 보니

이렇게 늦어졌어요. 게으른 탓도 있었지만

무슨 말부터 해야 할지 시작을 어떻게 해야 할지

말문이 열리지 않은 면도 있었지요.

아버지를 여의시고 삶의 낙이 없다는 어머니 말씀

정말 안타까웠습니다. 어머니 이 정도면 충분히

가슴 아파하셨습니다.

이제 아버지는 더 편안한 곳으로 보내드리세요.

아버지 마음도 그럴 거예요.

어머니, 어머니께는 육남매가 있잖아요. 그리고

어머니가 좋아하시는 많은 손주들도 있구요.

생강처럼 굽은 어머니의 손과 발, 무릎,

허리, 심장병, 고혈압까지도 사랑합니다.

2002. 2. 22.

인자하신 어머니

돌이켜보면 육남매 중 제가 가장 어머니 마음을
아프게 했습니다.
친구들과 싸움을 하거나 가출을 하여 어머니를
속 썩인 적은 없지만 제 못된 성격이
유독 어머니께만 자주 표출되었던 것 같아요.
밖에서는 풀 죽은 쥐, 집안에서만 으르렁거리는
고양이 모냥 못난 짓은 혼자 다 했습니다.
인자하신 어머니나 됐으니까
제 신경질을 다 받아주었겠지요.
지금 생각하면 창피하고 부끄러운 일입니다만
그때는 제가 어렸고, 어떤 욕구불만이
있었던 것도 같아요.
제 스스로 제 마음을 다스릴 줄 몰랐죠.
저는 어머니처럼 인자한 사람이 못되나 봐요.
벌써부터 가끔 시원이 엉덩이를 때려주고 싶은
생각이 들 때가 있거든요.
숯검댕이처럼 타 들어간 어머니 마음을 어떡하면

하얀 눈처럼 순백색으로 되돌릴 수 있을까요.

어머니 고맙습니다.

2002. 2. 24.

소중한 어머니

어저께는 저의 방송대 졸업식이 있었습니다.
남들은 몇 년 걸려도 힘들다는 졸업을
2년 만에 했다고 대단하다고들 하지만 솔직히
저 자신은 별 느낌이 없습니다.
오히려 제 몸에 맞지 않은 커다란 옷을
하나 더 입었다는 부담감이 앞섭니다.
법학과를 나왔다고는 하나 법에 대해 많이 알지
못합니다. 법률용어를 어렴풋이 이해할 수 있을
정도입니다. 그런데 그 사정을 잘 알지 못하는
주위에서 생활하면서 부딪히는 각종 법률문제를
제게 자문해 오는 경우가 있어 저를 진땀나게
하는군요. 그래서 급한 불은 꺼야겠다는 생각에
생활 관련 법률서적 두어 권을 샀습니다.
글쓰기 공부할 때도 한 십여 년 하니까 뭔가 조금
알 것 같더니 법률공부도 마찬가지일 것 같다는
생각이 듭니다.
어머니께서도 공부를 시작해 보는 것은 어떨까요.

2002. 2. 27.

부지런한 어머니

시간은 화살처럼 빨리도 가서 내일이면
춘삼월이 시작되는군요.
예년 같았으며 농사 준비에 눈코 뜰 새 없이
바빴을 어머니지만 팔을 다쳐
아무것도 할 수 없으니 마음만 바쁘시겠군요.
어머니께서는 그 동안 할 만큼 하셨습니다.
층층시하 어른들 봉양하랴 육남매 키우시랴
바깥일 하시는 아버지 대신 논밭일 하시랴
남들보다 몇 갑절 고생하셨습니다.
개미처럼 일만하며 살아오신 어머니,
팔 다치신 김에 이제 베짱이가 되어보세요.
사탕 과자 한 주먹씩 주머니에 넣고 마실이나
살살 다니시고요, 어머니 좋아하시는
주현미 현철 노래 들으며
흥얼흥얼 따라 부르시다가 졸리면 방안에
벌렁 누워 낮잠도 주무서 보세요. 어머니
그러신다고 누가 뭐랄 사람 아무도 없습니다.

알았죠, 어머니.

2002. 2. 28.

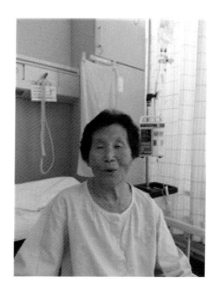

보고 싶은 어머니

어린 시절을 잘 기억하는 사람들을 보면 너무
부럽습니다. 저는 제 어린 시절이 잘 기억나지
않아요. 무엇 때문인지 기 펴지 못하고 주눅 들어
살았던 기억밖에.
어머니께 가끔 제 어린 시절 얘기를 들었던 것도
같아요. 유일하게 기억나는 것이 있다면
다섯 살 땐가 할아버지 회갑날이었어요.
몰려드는 사람들이 무서워
방안 할아버지 두루마기 속에 숨었지요.
유리문을 통해 바깥 광경을 훔쳐보면서요.
누군가의 손에 들려 마당으로 나와
잔칫상에서 울상이 되어 찍은 사진이 있잖아요.
시원이도 이제 다섯 살인데 엘리베이터에서
낯선 사람을 보면 숨으려고 해서 걱정이에요.
이름처럼 시원시원하고 사내답고 씩씩하게 자라야
하는데 말이에요.
그래서 이번에 YMCA 어린이 스포츠단에 보내기로 했어

요. 같은 또래의 여러 아이들과 어울리다 보면 괜찮아지겠지
요. 안녕히 계세요.

2002.3.2.

아버지와 두엄

산수유가 꽃망울을 터트리는 초봄이면 한 해 동안 마당 한 곳 두엄터에 모아 두었던 두엄을 고추나 깨 심을 밭에 풀어야 했다. 해마다 경운기에 실어 두엄을 내면서 나는 아버지께 서운한 점이 있었다. 객지에 나가 있는 자식이 주말에 내려와 한나절 일을 치러주었으면 욕봤다는 말씀 한 마디 하실 수도 있을 텐데 그런 말을 한 번도 들어본 적이 없었다. 식전부터 뒷밭 비탈길을 오르내리느라 한나절씩 경운기와 씨름해야 했지만 그때마다 내 기대는 이루어지지 않았다. 경운기 시동을 끄고 장갑을 벗으면 "어떻게 치우나 한 걱정했는디 참 시원타." 할머니는 초코파이를 내밀며 흐뭇해 하셨지만 아버지는 아무 말씀도 없이 외양간에 소여물이나 주러 가셨다. 그러던 어느 해, 그날도 일을 끝내고 나는 수돗가로 가서 우선 목을 축였다. 지하수는 참 시원하고 맛이 있었다. 세숫대야에 물을 받아 얼굴을 씻다가 순간적으로 차갑게 스치는 것이 있었다. '하루 종일 두엄치기를 한 것은 나 혼자만이 아니다, 아버지도 함께 하셨다. 일이 힘들었다면 아버지가 더 힘드셨을 것이다. 겨우 한나절 일 한 걸 가지고' 나는 부끄러

움에 화끈거리는 얼굴을 두엄더미 속에라도 숨기고 싶었다.
"아버지 고생하셨어요!" 거름 내고 나서 꼭 그 말씀을 드리고
싶었는데 아버지는 숙환으로 돌아가시고 말았다.

2002.3.4.

고마우신 어머니

제 고춧가루 같은 성격은 밥상 앞에서 자주 나타났던 것
같아요.

어떤 못마땅한 일이나 불만이 생기면 '밥 안 먹어!' 하고
뛰쳐나가 사랑방에 박혀 있었으니까요.

방구석에 누워 이불을 뒤집어쓰고 있으면 밥순가락 놀리
는 소리, 텔레비전 드라마 소리는 왜 그리 또렷하게 들리던지
요.

밥을 담보로 한 제 투정이 가능했던 것도 다 어머니가 계
셨기 때문이지요. 제가 허기를 느낄 때쯤이면 어머니는 동치
미 국물과 함께 밥 한 그릇을 참기름 한 방울 띄워 비벼 오셨
으니까요.

저는 그때마다 고맙다는 말씀 한 마디 못 드리고 못 이기
는 척 돼지처럼 우적우적 밥만 먹어치우곤 했지요.

제 예의 망나니짓은 중학교 때까지 계속되었지요.

그 언젠가 그날은 어머니도 단단히 화가 나셨던가 봐요.
제가 배고픔을 참다가 잠이 들 때까지 어머니는 오지 않으셨
어요. 참을 수 없는 허기에 깨 보니 아직 어둑어둑한 밤이었

지요. 한번 깬 잠은 다시 들지 않았고 배고픔만 고통으로 다가왔어요.

자존심이고 뭐고 뭐로든 배 좀 채워야겠다는 생각에 주린 배를 잡고 부엌으로 갔지요.

그때 어머니는 아궁이 세 곳에 불을 지펴놓고 밥을 비비고 계셨지요. 어머니 고맙습니다.

2002.3.5.

시원이 할머니께

엊저녁에는 시원이 어린이집 다닐 날이 얼마 안 남아서 일찍 일어나는 습관을 들이려고 열 시도 안 되어서 불을 다 끄고 자리에 누웠더니 시원이란 놈 잠이 안 온다며 그동안 쌓인 불만을 하나씩 털어놓는 게 아니겠어요. '근데 아빠 엄마는 맨날맨날 컴퓨터 공부도 못하게 해. 내가 멀리 떨어져서 본다는 데두. 근데 아빠 엄마는 맨날맨날 자전거도 못 타게 해. 내가 잠바 입고 탄다고 그러는 데두. 근데 엄마는 맨날맨날 밥 하고 청소만 해. 나랑 안 놀아주고. 아빠가 밥 하고 청소 해!

근데 아빠 아빠는 맨날맨날 맛있는 것도 안 사다주고 옥수수빵, 딸기, 메로나 아이스크림…

근데 아빠 아빠는 맨날맨날 아침에 회사만 가고 나랑 안 놀아주고. 아빠, 회사 가지 마!' 조리 있게 자기 생각을 얘기하고 표현하는데 시원이가 많이 자랐다는 생각과 함께 시원이가 너무 귀여운 거 있죠.

2002. 3. 6.

23

멋진 요리사 어머니

맛있다 맛있다 소리를 연방하며 어머니께서 끓여주신 김치찌개를 먹고 있으면 집사람은 질투가 느껴지는 모양입니다.

자기가 해 주는 요리를 먹을 때는 한번도 그런 소리를 안 했다나요.

어머니께서 해 주시는 음식은 왜 뭐든지 맛있는지 모르겠어요.

김치 넣고 끓인 얼큰한 콩나물국도 맛있고, 두부 송송 썰어 넣은 된장찌개도 맛나지요. 가마솥에 찐 토실토실한 고구마는 또 얼마나 맛있어요.

작년 봄, 부강에 갔다 오는 차 안에서 집사람이 갑자기 쿡쿡거리며 웃는 거예요. 생각할수록 우스워 죽겠다며 뒷밭에서 딴 쬐그만 노지 딸기 얘기를 하는 거예요.

자기도 손질하며 몇 개 집어먹어 봤는데 솔직히 시큼털털하기만 하고 별로 맛이 없었는데 쬐그맣고 볼품없이 생긴 딸기를 삼형제가 나란히 앉아서 맛있다 맛있다 소리를 번갈아하며 먹는 모습을 보니까 자기도 모르게 웃음이 나오더라나요.

그 동안 집사람은 그런 광경을 여러 번 봤대요.

어쨌든 어머니의 음식 솜씨가 최고라는 것에는 집사람도 이의가 없습니다.

2002.3.7.

건강하신 어머니

어제부터 수지침을 배우러 다니기 시작했어요.
일주일에 한번씩 가는 3개월 과정인데 3개월
배워서 얼마나 알겠습니까마는 배우고 나면
간단한 침은 놓을 수 있을 것 같아요.
시원이 열 날 때 열도 내려주고, 체하길 잘 하는
집사람 속도 뚫어주고, 어머니 혈압도 조절하고
무릎 허리 쑤실 때 제 힘으로 좀 덜해지게 할 수
있다면 더 바랄 것이 없겠죠.

선무당이 사람 잡는다고 초보자가 함부로 침을 놀리는 것
에 위험이 도사리고 있지는 않나 걱정했는데 수지침이란 말
대로 손에다 놓는 침이어서 큰 위험은 없다네요.

어머니 몸의 건강도 중요하지만 마음이 건강한 것이 더 중
요하답니다. 항상 즐겁고 행복한 생각만 하세요. 웃을 때는
크게 웃고요. 소문만복래란 말도 있잖아요.

안녕히 계세요.

2002. 3. 8.

미소가 아름다운 어머니

낙화암에 서 계신 어머니 모습은 쓸쓸했습니다.
바람 쐬고 기운 차리시라고 부여에 모셨더니
아버지 생각이 나는지 힘이 없으시더군요.
꽃이 활짝 피고 새싹이 파릇파릇 돋은 날에 올 걸
제가 너무 서둘렀던 것 같습니다.
부여에 한 번도 가보지 못했다는 어머니 말씀을
듣고 꼭 한번 모시고 싶었습니다.
새들이 지저귀고, 예쁜 꽃들이 만발하고 산과
들에 신록이 우거지면 다시 한 번 모시겠습니다.
그때는 어머니의 얼굴에도 화색이 돌았으면
좋겠습니다. 어머니는 웃는 모습이 아름답고
보기 좋아요.

2002.3.11.

돈대 오는 길
비가 먼저 반기네.
촉촉히 젖네.

아버지와 보름달

아버지 오시는 길
환히 비추려고 보름달 떴다
아버지 가시는 길
편히 가시라고 보름달 떴다

아버지 오시는 길
외롭지 않게 보름달 떴다
아버지 가시는 길
길벗 하려고 보름달 떴다

행여나 이놈들 다투지는 않는지
서로서로 위해 주고 우애 있게 사는지
바르게 사는지

어머니,
가슴 아프게 하지는 않는지
누가 자주 내려와

농사일을 거드는지

손자들 재롱떨어

어머니 깊은 시름 덜어 드리는지

보름달이 되어

우리를 지켜보고 계신다.

2002.3.12.

힘내세요, 어머니

얼마 안 있으면 아버지 기일입니다. 한동안 어머니는 또 울적한 기분으로 생활을 하셔야겠군요.

아버지와 어머니 사이게 그토록 도타운 정이 쌓여

있는 줄은 미처 몰랐습니다. 아버지께 어머니를 위한 그런 세세한 면이 있는 것을 진작 알았더라면 아버지를 더 많이 이해할 수 있었을 텐데

평소에 말없이 무뚝뚝하기만 하시고 집안일은

몽땅 어머니께 맡겨 놓고 바깥 볼일만 보러 다니시는 아버지를 미워한 적도 있었습니다. 씨앗장사, 묘목장사, 딸기 참외 고추장사 등 초근목피의 가난에서 벗어나 보려는 아버지의 몸부림을 이해하지 못했습니다. 고생만 하시다가 돌아가신 아버지를 생각하면 가슴이 아프지만 그럴수록 어머니는 힘내셔야 합니다. 아버지 몫까지 호강하셔야 하니까요.

2002. 3. 13.

그만 오랑께.
모내기 다 했당께.
풀만 큰당께.

어머니

어릴 적 제가 감기라도 걸려 누워 있으면
잠 한숨 못 주무시고 머리맡을 지켜 주시던
어머니가 생각납니다.
알약은 그런대로 삼켰지만 가루약은 먹기를
꺼려 어머니 애를 태웠던 기억도 납니다.
한동안 카레를 싫어했던 것도 카레에서
마이신 냄새가 나는 것 같았기 때문이지요.
그랬던 제가 지금은 한 아이의 아빠가 되어
어르고, 달래고 윽박지르며 시원이 약을
먹이고 있으니 우습기도 합니다.
언제까지나 자식들 머리맡에서 간호해 주시고
계실 것만 같던 어머니가 이제는 머리 희끗한
할머니가 되어 간호를 받아야 하는 상황이
되셨군요. 편찮으시면 안 되는데 자꾸 편찮으셔서
걱정입니다.

2002.3.16.

옥씨기 심던
어머니도 없당께.
적막하당께.

어머니 안녕하세요

돌이켜 생각해 보면 저는 참 여러 면에서
다른 사람들보다 늦었던 것 같아요.
자전거도 중학교에 가서야 제대로 배웠고
롤러스케이트도 서른 살이 다 되어서야 처음
신어 봤으니까요. 장가도 늦게 들었잖아요.
스무 살 때까지 뭐가 뭔지 모르며 삶을 살았던
것 같아요. 그때는 하루하루 보내기가 왜 그렇게
힘들었던지 모르겠어요. 진작 자신감을 가지고
당당하게 살았더라면 지금보다는 더 나은 삶을
살 수 있었을 텐데…
놀이나 운동을 할 때도 그랬어요. 나는 원래
못해 하는 열등의식이 있었어요.
요즘 운동을 하다보면 제가 운동에 아주 허당은
아니라는 생각이 듭니다. 공을 찰 때도 남들만큼
뛸 수 있고 탁구나 배드민턴을 할 때도 썩 잘은
못 하지만 웬만큼은 다 받아넘길 수 있거든요.
대기만성의 주인공은 안 되더라도 공부면 공부,

운동이면 운동 열심히 하며 살으렵니다.

2002.3.18.

어머니

어머니께서는 가끔 저에 대한 약장수 얘기를
꺼내시곤 했지요. 대여섯 살 때까지 대문 밖에
나가 놀지 않는 제가 걱정되었던 어머니는 동네에
들른 약장수에게 저를 데리고 갔지요.
맥을 짚은 약장수는 뱃속에 가스가 차서 그런
것이라고 했지요. 옆집에서 빌린 보리쌀 한 말을
약값으로 주고 약 한 첩을 먹였더니 제가 밖에
나가 놀기도 하고 잃었던 생기도 되찾았다나요.
그때 약 한 첩 더 먹였으면 제 뱃속을 완전하게
고칠 수 있었을 텐데… 그후 여기저기 수소문해
봤지만 그 약장수를 찾을 수 없었다고 했지요.
하지만 어머니 이제 더 이상 제 걱정을 마세요.
어머니 염려 덕분에 저는 무사히 군대에도 갔다
오고 사회생활도 활발히 하고 있으니까요.
어머니 이제는 어머니 당신의 몸을 챙기셔야
할 때입니다. 어머니 사랑합니다.

2002. 3. 19.

불무바위

불무바위는 새집 옆에 서 있었다.
나무 위 새집처럼 마을 꼭대기에 있다 해서
불려지게 된 새집, 그 옆에 불무바위가 있었다.
동무들과 때까치 알 꺼내러 사슴벌레 잡으러
산에 오르려면 장승처럼 서 있는 그 바위를
지나야 했다. 불무불무 부라부라 걸음마 배우는
아이들 불무질 시키기에 좋게 생겼다 하여 붙여진
불무바위, 마음 이름도 불무골이 되었다.

아이를 데리고 오랜만에 불무바위를 찾았다.
늠름한 모습은 아니더라도 제법 듬직한 모습으로
서 있으리라 생각했는데 옛 모습은 간데없고
초라하게 오솔길에 누워 있었다. 그나마도
얼마 안 있어 새집 근처로 큰 길이 나면
불무바위조차 어떻게 될지 모른다.
추억이 될까 담아두려 가져간 사진기는
꺼내보지도 못하고 불도저 소리를 들으며

쓸쓸히 산에서 내려와야 했다.

2002.3.20.

종배엄니

아랫집 아줌니한티 갔다더니 아줌니는 좀 어떠유?

엊그제 둘째가 차 끌고 왔길래 초코파이 한 상자 사갖고 디다봤지. 오성이 엄마가 성당 일로 요양원 갔다가 아줌니 만났는디, '미선네 엄마, 미선네 엄마' 한다잖여. 여기 있을 때는 '미선이 엄마가 자꾸 우리 쌀을 퍼 가, 퍼 가' 없는 말을 하고 다닌다더니, 떨어져 있슨께 장국 노나먹던 생각이 나네벼 돈 대 있을 땐 전원일기 일용엄니 같더니 아주 회장님 마누라 모냥 뽀예졌대. 첨엔 내 손을 꼭 잡고 미선아, 미선아, 우리 큰애 이름만 자꾸 부르며 닭똥 같은 눈물 뚝뚝 흘리더니 나 좀 데려가 달라고 하는디 나도 눈물 나서 혼났네. 치매라더니 그땐 너무 멀쩡하더라구 잘 됐지 뭐 생활보호대상자라 돈 한 푼 안 내고 요양원에 갔잖여. 그런 사람덜 수용하면 나라에서 돈이 나온다잖여 전장 때 보안원인가 뭐다해서 빨갱이 노릇했다구 일가친척 끌려가 다 몰살당하고 과부 돼서 어렵게어렵게 형제 키우며 살더니 뒤늦게 호강하네 그려. 그나저나 그 아줌니 읎으니 위뜸 샴 청소는 누가 한다? 여나무 집 쌀 한 됫박씩 추렴해서 걷어주기만 하믄 싸리비로 싹싹 샴 한동안 양은냄비처럼 깨끗했는디.

어머니

저는 요즘도 학창시절 자주 꾸던 기차 놓치는
꿈을 꿉니다. 부강역에서 타던 하행선 통학열차가
서울행 상행선 열차로 행선지만 바뀌었을 뿐입니다. 차 시
간은 다가오는데 왜 그렇게 발길이 떨어지지 않는지 마당에
서 이것저것 챙기느라 발만 동동 구르다가 매번 기차를 놓치
곤 합니다. 그게 다 어머니가 계시는 따뜻한 고향땅을 벗어
나기 싫은 까닭이겠지요.

제가 혼자이고 차가 없을 때, 집에 내려가면 왜 그리 서울
올라오기가 싫은지 한 시간 두 시간 시간을 미루다가 막차 시
간이 되어서야 하는 수 없이 차를 타러 가곤 했지요.

저도 이제 가정이 생기고 차도 생겨 예전처럼 그러지도 못
하는데 기차 놓치는 꿈은 여전히 꾸게 되는군요.

어머니 안녕히 계십시오.

2002. 3. 21.

어머니 보름이 다가오는군요

어제는 시원이 데리고 어린이 대공원에 다녀왔어요. 황사
때문에 뿌옇던 하늘이 언제 그랬냐는 듯이 맑게 개었어요.
곳곳에 황사의 흔적이 남아 있었지만 가족 단위로 꽃구경,
동물구경 나온 사람들이 많았어요.
호랑이도 보고 사자도 보고 코끼리도 보고 곰도 보고
원숭이도 보고 사슴도 보았지요. 사실 시원이는 킥보드
타고 노는데 신이 나서 동물구경은 뒷전이었어요.
나뭇가지에선 막 새움이 트고 있었고, 꽃은 아직
활짝 피지 않았어요. 이번 보름, 아버지 기일에는
아버지께 부탁 좀 드려야겠어요. 어머니 좀 아프지
않게 해달라고요. 기운 좀 차리게 해달라고요.
보름달처럼 환하게 웃는 엄마가 보고 싶다고요.

2002.3.25.

어머니 개나리꽃이 피었어요

얼마 전 신문을 보니 화병에 대해 나온 것이 있더군요. 화병은 한국 사람에게만 있는 독특한 마음의 병이며, 그런 까닭에 스스로 마음을 다스리는 수밖에 특별한 치료약은 없다고 합니다.

제 생각에 아버지도 화병 때문에 일찍 돌아가신 것 같아요. 약주 한 잔 하시고 들어오시면, 치밀어 오르는 울화를 못이겨 어쩔 줄 몰라 하시던 모습이 생각납니다.

어머니도 조심하셔야 해요. 심장병, 고혈압이 다 화병에서 온 것 아니겠어요.

어머니 언 땅이 녹고 꽃 피는 계절입니다.

마음속에 맺힌 응어리 봄눈 녹이듯 다 녹여 버리시고, 나뭇가지에 돋아나는 새움처럼 어머니 몸속에도 건강한 새살이 돋았으면 합니다.

옥죄던 기브스도 풀었으니 홀가분한 마음으로 시간을 내서 꽃구경이나 한 번 가시지요.

2002.3.26.

어머니 죄송합니다

밀물처럼 밀려와서 해 떨어지기 무섭게 초저녁

제사를 지내고 음복 한잔 나누지 못하고 다시

썰물처럼 빠져나오던 모습이 보기 좋지 않았어요.

제 마음이 그런데 어머니 마음은 오죽했겠어요.

아버지 돌아가신 지 오래된 것도 아니고 불과

2년인데… 차분히 둘러앉아 아버지를 추억하는 자리를 잠

시라도 마련했어야 하는데…

하루 종일 마음이 텅 빈 듯 허전해서 일이 손에 잡히지 않

는군요. 오늘 따라 날은 또 왜 이렇게 지독하게 좋은지 하지

만 아버지께서도 강강수월래 노래를 부르며 신나게 노는 손

자들 모습을 흐뭇하게 보셨을 거예요.

"이놈들 훌륭하게 크고 있구나" 하고 말이에요.

어머니도 그리 생각하세요.

2002.3.27.

아버지 기일忌日

날 어두워 바람이 찬데
어머니는 방 안에 들어오지 않는다.
송편도 다 쪘고 탕국도 다 끓였을 텐데
보름달 뜬 마당을 서성이고 있다.

어저께는 두모실 고모할머니 전화 주셨고
오늘은 영등포 고모할머니 전화 주셨다.
꼬부라진 허리 더 꼬부라져 두모실 할머니 못 오시고
외손주 뒤치다꺼리하느라 영등포 할머니 못 오신다.
올해도 조카 기일을 잊지 않으셨구나
안부를 주고받는 말 끝에는
"벌써 세 번짼데요 뭐, 세 번째…"
어머니 번번이 말 끝을 흐리신다.

옷 가지러 나갔더니 아직도 거기 계시다.
"얼른 들어오세요. 감기 걸리시면 어쩌려고…"
"달이 참 밝구나."

어머니는 또 딴전을 피우신다.

2002.3.28.

쥐꼬리 망초

아버지 묘소에
쥐꼬리 망초
잔디보다 먼저
싹이 돋았다

잡초!
뽑아버리려다
멈칫멈칫
잡풀 하나라도
생명인 것을
예전에도 그랬지만
아버지 옆에서는
모든 것이 조심스럽다

망초도
꽃 피면 예쁘다.

2002.3.29.

아버지의 열매

배꽃, 사과꽃, 살구꽃은
꽃 피고 짐이
열매를 맺기 위함이지만

과꽃, 목련꽃, 진달래꽃이
꽃 피고 짐은
무엇을 위함인가?

아버지,
평생을 고생만 하시다가
호강 한 번 못 해 보고
서둘러 가심은
대들보가 무너지는 아픔이지만

아버지는
잘 익은 열매를 남기셨다,
여섯 열매 널리 퍼져

세상의 이로운 씨앗이 되어
아버지 못 이룬 꿈 이루리라.

2002.3.30.

정직한 어머니께

오늘은 만우절입니다. 거짓말 하는 날(?)이지요.

장난전화 때문에 소방서 경찰서 전화통이 불난다잖아요. 제가 어머니께 한 거짓말을 생각해 봅니다. 수도 없이 많았겠지만 초등학교 시절 3, 4학년 때가 떠오릅니다.

그날 저는 학창시절 처음으로 결석이란 것을 했지요. 변소 새로 짓던 따뜻한 봄날로 기억되는데, 학교 못 갈 정도의 심한 감기는 아니었지만 그날 따라 학교에 가기 싫은 거예요. 그 꾀병 때문에 저는 졸업 때 6년 정근상을 받는데 만족해야 했지요. 알고 보면 어머니도 거짓말쟁이예요.

전화해서 몸 좀 어떠시냐? 여쭈면, "괜찮다, 난 괜찮다." 하시잖아요. 몸 가누기 힘든 정도로 편찮으실 때도요.

자식들 걱정할까 염려하시는 어머니 마음 모르는 것 아니지만 힘드시거든 자식들에게 툭, 탁 털어놓으세요. 아셨죠?

2002. 4. 1.

욕심없는 어머니께

시원이 욕심 많은 것이 저를 닮았다구요?
어렸을 적 두모실 고모할머니 댁에 갔던
기억이 나는군요. 그때 할머니께서는 옥수수를
한 소쿠리 쪄 오셨지요.
고모할머니께서는 노래 잘 하는 사람에게
큰 것을 고를 기회를 주신다고 하셨죠.
저는 숫기가 없었고 같이 간 종득이는 넉살이
좋았잖아요. 노래 한곡 제대로 부르지 못하고
쭈뼛거리고 있을 때, 큰 옥수수는 몽땅 종득이
차지가 되고 있었어요. 그 후 일이 어떻게 된 건지
저는 욕심쟁이가 되었지요. 아마 고춧가루인 제가
약 올라서 커다란 옥수수 몇 개 제 앞자리에
갖다 놓았겠지요. 그렇다면 어머니, 종영이 욕심
많은 것은 누굴 닮은 건가요?

2002. 4. 3.

요령

아버지 모시고 갔던
요령을 제가 챙겼어요.
또 욕심을 부렸지요.

시원이 욕심이 많은 것 같아
누구를 닮아서 그런지 모르겠다고 했더니
어머니 하시는 말씀이
대뜸 너를 닮아서 그렇다고 하더군요.

제 어린 시절 기억에는
그리 많이 욕심을 부린 것 같지 않은데
서랍을 정리하다가
오래된 주판이 몇 개 나왔는데
그 중 가장 크고 좋은 주판에
제 이름이 크게 새겨져 있는 것을 보고
더 이상 할 말을 잃었지요.

2002.4.5.

마음이 고운 어머니

아이들의 곱고 반듯한 손가락 발가락을 보면

어머니 당신도 그럴 때가 있었나 하는 생각이

든다고 하셨지요. 구부러지고 휘고 비틀어진 손가락 발가락을 남이 볼까 무섭고 부끄러워 외출하기가 꺼려진다고 하셨지요.

뜸 떠 드리고 싶어도 오그라들어 퍼지지 않는 손바닥, 휜 엄지발가락과 툭 불거진 발가락 때문에

큰 치수의 신발 밖에 신을 수 없는 발, 대나무보다도 더 굵어진 어머니의 손마디가 저를 슬프게 합니다.

어머니, 그 지경이 되도록 저는 무엇을 했는지 가슴 아파할 염치도 없군요. 굽은 손가락 발가락을 자랑스러워하시라고 말씀드릴 수 없군요.

화랑 무궁훈장이라 말씀드릴 수 없군요. 다만 어머니는 비단결처럼 고운 마음씨를 가지셨습니다.

2002. 4. 10.

탄 고기를 좋아하는 어머니

김이 모락모락 나는 따순 밥은
자식들 다 먹이고
어머니는 찬밥을 좋아하신다.

빨갛게 잘 익은 사과는
자식들 다 먹이고
어머니는 벌레 먹은 사과를 좋아하신다.

야들야들하게 잘 익은 고기는
자식들 다 먹이고
어머니는 탄 고기를 좋아하신다.

먹기 좋게 잘 익은 김치는
자식들 다 먹이고
어머니는 쉰 김치를 좋아하신다.

2002. 4. 12.

시원이 할머니께

시원아,

외출했다 돌아오면 손발 깨끗이 씻어야지.

찬바람 불 때는 밖에 나가서 자전거나

킥보드 타면 안 돼.

기침 나고 열나면 또 병원 가서

주사 맞고 약 먹어야 돼.

잘 때 덥다고 이불 차지 말고

가습기 물은 아빠가 갈아 줄게.

시원이에게 하던 말 어머니께 하고 싶어요.

어머니 건강하세요.

2002.4.13.

소설 읽다가
마당을 내다보니
햇살이 좋다.

시원이의 부강 할머니께

어저께는 시원이가 유치원에서 처음으로 가는
소풍날이었어요. 시원이는 꼭두새벽부터 일어나
부산을 떨었어요. 유치원 가방을 열었다 닫았다,
빈 도시락통을 열었다 닫았다, 팽이 자동차 등
장난감을 넣었다 뺐다, 신이 났어요. 크런키
초콜릿 한 개, 밍키 오렌지 주스 한 통, 탑블레이드 야광
팽이가 들어있는 치토스 과자를 준비하고, 도시락으로는 김
밥 대신 시원이가 좋아하는 유부 초밥을 싸기로 했어요.
소풍날의 들뜬 기분은 예나 지금이나 마찬가진가
봐요. 어머니께서 양은 도시락에 싸 주시던 김밥이 생각납
니다. 삶은 계란 몇 알과 환타 한 병,
생각만 해도 군침이 도는군요,
그럼 안녕히 계세요.

2002. 4. 17.

맨드라미 싹
화단 가득 올라와
웃음 짓는다.

둥근 마음을 가지신 어머니께

얼마 전 회사에서는 일 년에 한두 번씩 정기적으로 있는 인사이동이 있었어요.

같이 근무하는 몇 사람이 타 부서로 가고 다른 부서에서 근무하던 몇 사람이 제 부서로 왔지요. 보내는 아쉬움과 새로운 사람을 맞이하는 호기심이 교차하는 기간입니다.

사회생활을 하면 할수록 새로운 사람을 만나고 사귀는 일이 쉽지 않다는 생각이 듭니다. 다행히도 새로 온 분들이 아주 낯선 얼굴들은 아닙니다. 예전에 같이 근무했던 분도 있고, 직간접으로 접촉이 있던 분도 있습니다.

어머니 염려 덕분에 저는 사회생활을 무난히 잘 하고 있습니다. 예전의 모난 돌 종영이가 아닙니다. 그것이 다 어머니께서 저를 잘 다듬어 주신 덕분이지요. 고마워유.

2002.4.18.

엄니가 몰던
스쿠터 돈대지가
장국 한 그릇!

김치박사 어머니께

어머니께서 담가주신 물김치를 마파람에 게 눈
감추듯 며칠만에 맛있다 맛있다 감탄하며 뚝딱
다 먹어치우더니 미안한 생각이 드는지 며느리
왈, 맛있긴 맛있는데 어머니께 죄송하답니다.
성한 몸도 아닌 채 자식들을 위해 무 배추를
씻고 김치를 담그고 계신 어머니 모습을 떠 올리면
눈물까지 나려고 합니다.
애써 해 놓으신 것 가져오지 않는 것도 도리가
아니라서 염치불구하고 번번이 가져옵니다만 힘
드시면 이제 안 하셔도 됩니다.
대신 김치 담그는 법을 가르쳐 주세요. 옛말도
있잖아요. 고기를 잡아 주는 것보다는 고기 잡는
법을 가르쳐 주는 것이 더 낫다고요.
안녕히 계세요.

2002. 4. 22.

광희엄마가
스쿠터 가져가며
장국 한 그릇,

어머니 보세요

어저께 올라오는데 차가 막혀서 잠시
차창 밖을 봤더니 보리밭이 보이더군요.
야, 보리밭이다! 탄성이 저절로 나오는
거예요. 살기가 좋아지긴 좋아진 모양이에요.
보리밭 보기도 귀한 세상이 되었으니 말이에요.
꽁보리밥 먹는 날은 무슨 귀한 음식이라도
먹는 느낌이 들기도 해요.
보리값이 쌀값보다 비싸다는 얘기도 들리니
격세지감이란 말이 생각나는군요.
제가 이런 말을 하면 어머니는 속으로
그러시겠군요. 어려서는 보리밥 안 먹으려고
떼를 쓰더니 제법 철든 소리 한다고요.
어르신들 밥상에 올리려고 보리밥솥 한 귀퉁이에
한 줌 올려놓은 쌀밥을 먹으려고 땡깡 부리던
옛 생각이 나는군요. 부끄럽습니다.
두부 송송 썰어 넣은 된장찌개에 꽁보리밥이
먹고 싶군요.

2002.4.23.

아버지와 잔디

봄,
푸른 새싹들이
마른 잔디 사이를
비집고 올라오고 있다

머지않아 마른풀들은
푸른 잔디 속에 묻혀
흔적도 없이 사라질 것이다

푸른 잔디는
제 푸름을 자랑하지만
마른 잔디가 없었던들
그렇게 푸르를 수 있었을까

마른풀은 썩어
푸른 잔디를 키우는 거름이 되었다
아버지 산소에도
파랗게 새순이 돋았다.

2002. 4. 24.

희망에 찬 어머니께

초록빛은 편안함을 주는 색이랍니다.
힘든 일에만 너무 매달리지 마시고
풀밭에 주저앉아 파릇파릇 돋아나는
풀잎도 보시고 아무렇게나 피어 있는
민들레꽃도 보세요, 어머니.
십 원짜리 새 돈처럼 노랗게 빛나는
민들레꽃이 저는 너무 귀엽고 예뻐요.
솜털처럼 하얀 민들레 홀씨가 있거든
소녀처럼 후-, 하고 불어보기도 하고요.
손목 다 났거든 자전거도 배우시고요,
오토바이 타기에도 도전해 보세요.
희망에 찬 어머니는 우리들의 초록빛
풀잎입니다.

2002. 4. 26.

윤배

  종배형 윤배, 그 시절만 해두 읊는 집에서 국민핵교 댕긴 것도 다행이지 국민핵교 거우 졸업하고 집 짓는 목수 시다바리로 쫓아댕겼지 얻어터지기도 많이 얻어터졌겠지 뭐 하지만 거기서 기술 배워 미장이 됐잖여 위뜸 샴 옆댕이 공동목욕탕도 윤배가 진 거 아녀. 대전 인동 근처에 사글세방 얻어서 살림도 차렸는디 기술도 있겄다 착실히 애 낳고 돈 모으며 살았으면 오죽 좋아여 대처 이곳저곳 쫓아댕기며 집 짓다보니 미칠씩 집에 못들어오구 막일하는 사람들끼리 방 하나 얻어 술 한 잔 하구 심심풀이로 화투장을 돌렸겠지 장난삼아 막걸리 내기나 하고 말았으면 좋았을걸 노름판에 빠지고 만겨 어리숙하게두. 사기도박꾼에게 걸려든거 결국은 돈 잃고 빚쟁이들에게 쫓겨댕기다 몸까장 버려서 아주 드러누웠잖여. 큰딸 여상 나와서 돈 많이 벌어 엄마 아빠 호강시켜 준다고 서울에 있는 큰 중권회사 들어갔는디 첫 월급 타는 것도 못 보구 죽었을걸 아들 앞세웠으니 종배엄니 손녀딸이 사온 빨간 내복 보며 을매나 가슴이 아렸을겨

어머니

비가 내립니다.
이제 진달래 철쭉도 지고
배꽃 사과꽃도 지고
녹음만 더욱 짙어지겠군요.
지난 가을인가요.
부슬부슬 비가 내리던 날
어머니의 배웅을 받으며 석골 고개를
넘어 기차를 타러 간 적이 있지요.
차 시간이 얼마 남지 않아서 저는
질퍽한 논두렁길을 건너고 있었지요.
어머니는 제가 그 길을 지나
용포고개에 다다르도록
부슬부슬 내리는 비를 맞으며
안쓰럽게 서 계셨어요.
어머니, 어머니께서는 당신 자신을 위해서는
살대 부러진 우산조차 챙기시지 않으시지요.
그때 우산 든 제 손이 너무 부끄러웠습니다.
어머니 고맙습니다.

2002.4.30.

어머니께

얼마 전 '집으로'란 영화를 보았어요.
산골에 사시는 외할머니와 도시에 살다가
피치 못할 사정이 생겨서 시골에 머물게 된
외손자와 생활을 그린 영화였어요.
귀도 어둡고 말도 못하고 눈도 침침한
꼬부랑 할머니와 햄버거, 피자, 치킨, 통조림만
먹고 살던 도시 아이 사이의 불협화음,
부딪치고 갈등하고 반항하다가 할머니의
사랑을 알고 느끼고 감동하게 되는 과정을
진지하게 보여주고 있었어요.
시쳇말로 눈물 없이는 볼 수 없는 감동이 있는
영화였어요. 다들 각자의 집에 계신 어머니,
할머니를 생각하면서요.
안녕히 계세요.

2002. 5. 2.

헌책과 헌옷
고물상에 넘기니
화장지 몇 개

동그라미 어머니께

어머니는 동그라미입니다.

어느 날인가 시원이 유치원에 갔다 오더니

마음에 드는 사람은 동그라미,

그렇지 않은 사람은 가위로

의사표시를 하는 거예요.

아빠 동그라미, 엄마 동그라미,

부강 할머니 동그라미, 큰 아빠 동그라미,

공주 할머니 동그라미 이런 식으로요.

그러다가 자기에게 좀 소홀하다싶으면

나랑 안 놀아주고, 아빠는 가위표야.

혼내키기만 하고, 엄마는 가위표야.

하지만 항상 웃는 얼굴로 시원이를 대해

주시는 어머니는 항상 동그라미입니다.

저도 어머니께 보름달처럼 크고 둥근

동그라미를 드리고 싶네요.

2002.5.3.

작은 아저씨
낫 들고 뙤약볕에
선산 가시네.

주인공이신 어머니께

어머니 사랑합니다.

어머니 얼굴 마주하고는

한번도 해보지 못한 말

어머니 사랑합니다.

어머니를 생각하면

목이 메이고 말문이 막히고

눈시울이 뜨거워집니다.

어머니를 그리는 마음

달리 표현할 길 없어

격화소양(신 신고 발바닥 긁기)

어머니께 드리는 말씀

어머니 사랑합니다.

작은 아저씨
머위 줄기 한아름
안고 오시네.

얼마 안 있으면 어버이날입니다.

어머니께서 주인공이 되시는 날입니다.

며느리로서 아내로서 어머니로서

앞으로는 조연이 아닌 주인공으로 사세요.

200.5.6.

쓸쓸한 어머니께

어저께는 시원이가 유치원에서 색종이를
예쁘게 오려서 꽃을 만들어 왔어요.
엄마 아빠에게 뽀뽀하며 고맙습니다, 인사하고
꽃을 가슴에 달아 드리랬다나요.
식탁 위에 나란히 놓여있는 꽃을 보고 있으니
어머니 생각도 나고 기분이 묘하더군요. 그 동안
꽃 달아드릴 생각만 했지 제가 꽃을 받으리라고는
미처 생각하지 못했으니까요.
비록 생화나 꽃바구니, 근사한 선물은 준비하지
못했었지만 어버이날이면 꽃 한송이씩은 준비해서
어머니께 달아드렸었는데 올해는 그나마도 해드리지
못하는군요. 선물은 고사하고 따스한 밥 한 끼
못 해드리는 것이 죄송할 따름입니다.
안녕히 계십시오.

200.5.8.

화사하신 어머니께

아파트 울타리에 장미꽃이 한두 송이씩 피기
시작했어요. 해마다 느끼는 거지만 장미꽃이
예쁘긴 예뻐요. 아무리 화무십일홍, 열흘 붉은
꽃이 없다고 해도요.
날씨도 하루가 다르게 따스해지고 꽃을 닮고
싶은지 사람들의 옷차림도 화려하고 화사해지는
것 같아요. 몇 해 전부터 부강집 울타리에도
장미 몇 그루 심는다는 것이 마음뿐 실천을 못하고
있습니다. 논으로 밭으로 동분서주 바쁘신 어머니께
예쁜 옷 입고 꽃구경이나 하고 계시라면, 제가
정신없는 소리하는 건가요?
하지만 저를 나무라지 마세요.
어머니는 충분히 그러실 수 있어요.

2002. 5. 9.

어머니 아카시아 꽃이 피었어요

지난 일요일에는 경북 상주에 다녀왔습니다.

5월 5일 어린이날인데 시원이와 함께하지

못하는 것은 미안했지만 직장 동료 결혼식이

있었어요. 지하철 입사도 같이 했고, 나이도

비슷해서 친하게 지내는 친구였어요.

노총각이 상주 아가씨를 만나서 우여곡절 끝에

결혼한다는데 안 가 볼 수가 있어야지요.

관광버스를 대절해서 다녀왔는데 날이 날인지라

많은 사람이 참석하지는 못했어요.

귀경길에 차장 밖을 보니 어느 새 아카시아 꽃이

만발했더군요. 아카시아향은 언제 맡아도 은은하고 좋아요.

어린 시절 어머니가 해 주시던 아카시아떡 생각도 나구요.

다음에 내려가면 아카시아떡이나 해 달라고

졸라 볼까요. 개떡도 좋구요.

안녕히 계세요.

2002. 5. 10.

알뜰하신 어머니께

싸구려 시장표 사각팬티를 사 입었더니
겉은 멀쩡한데 고무줄이 늘어나 헐렁거려
투덜댔더니 집사람 하는 말이 고무줄 사다
넣어준다는 거예요.
그 말을 들을 때는 농담인 줄 알았는데
회사 갔다 왔더니 정말로 흰 고무줄을 사다
넣어 논 거예요. 재밌기도 하고 옛날 생각도
나서 조금 쭈글거리긴 하지만 입고 다닙니다.
시장표에 익숙해지기는 오래 된 일이지요.
남녀 구분없이 입던 천원에 대여섯 장씩하던
흰 팬티 검정 고무줄도 부강장에 가면 살 수
있었지요. 어릴 때만 해도 칼라 팬티에 흰
고무줄은 상상도 못했지요.
바지나 팬티 고무줄이 늘어나거나 끊어지면
어머니께서는 옷핀으로 새 고무줄을 넣어
주셨지요. 빤스란 말이 그리워집니다.

2002. 5. 13.

자상하신 어머니께

집사람은 이 얘기 하는 것을 원하지 않을지도
몰라요. 하지만 좋은 얘기니까 해야겠어요.
한 마디로 말씀 드리면 어머니의 둘째 며느리
신철희가 어머니 대하는 것이 공주 친어머니
대할 때 못지않게 편해졌대요.
비로소 신철희가 박씨 가문의 한 가족이 되었다고
할 수 있겠죠.
그게 다 어머니께서 며느리들을 자상하고 편안하게
대해 주신 결과죠.
박시원 이놈은 가끔 꼬임에 빠져 신시원이 되겠다고
하지만 말이죠.
안녕히 계세요.

2002.5.14.

서랍에 있던
시금치 씨 뿌렸다,
정구지 옆에.

밥이 보약인 어머니께

어머니, 보약이 효과가 있긴 있는 건가요.
시원이가 겨우내 콧물을 질질 흘리고 기침이
끊기지 않는 동감기를 달고 살아서 얼마 전
한방병원에 데리고 가서 약을 지어왔어요.
약 덕분인지 날이 따뜻해져서 그런지 크려고
그러는 것인지 잘은 몰라도 약 먹으면서
신기하게도 기침 콧물도 멈추고 밥이니
우유도 며칠 굶은 사람처럼 잘 먹어요.
어느 때 보면 혼자서 밥통을 열고
밥을 퍼 먹고 있다니까요.
다른 약 같으면 이리저리 도망치고 야단법석을
떨 텐데 키 크고 몸 튼튼해지는 보약이라니까
좀 씁쓸할 텐데도 가끔은 스스로 먹겠다는
얘기도 해요.
어머니께는 보약 한 첩 못해 드리면서 지 자식만
챙기는 저는 못된 놈입니다. 죄송합니다.

점심에 흰 개
아침엔 흰고양이
서성거리고

2002. 5. 15.

엄마 같은 어머니께

우연히 생각해 보니 어머니하고 저하고
나이 차이가 딱 삼십 년 나더라고요.
낼 모래면 어머니가 고희가 되시고 저는
아무 한 것 없이 불혹이 되네요.
제가 어머니 나이를 헤아리기 시작한 것이
초등학교 때니까 어머니 사십 대부터였지요.
항상 사십 대에 머물러 계실 줄 알았던
어머니가 쉰, 예순이 넘으면서 저는 어머니
나이 헤아리기를 그만 두었습니다. 누가 어머니
연세를 물으면, 해마다 바뀌어 잘 모르겠다는
불쌍놈 같은 소리만 했지요.
어머니 늙는 것이 싫었습니다. 조카가 한두 명
생기면서 어머니는 할머니가 되었지요. 처음에는
할머니란 소리가 왜 그리 낯설던지요.
길거리나 가게 같은 데서 어머니를 할머니라고
부르는 사람을 보면 때려 주고 싶었다니까요.
점점 나이 먹는 것이 겁나요. 제가 나이값은

하며 살고 있는지 의문도 생기고요.

안녕히 계세요.

2002.5.17.

옆집 고모는
고장난 수레 끌고
다시 텃밭에

꽃 같은 어머니께

어머니께서도 꽃다운 시절이 있었지요.
어머니의 처녀 시절 얘기를 가끔 들었던
기억이 나요. 또래 친구들과 어울려 들로
산으로 다니며 꽃향기에 취해 보기도 하고
풀꽃 반지 만들어 나눠 끼기도 하셨다고요.
바구니 옆에 끼고 봄나물을 뜯으러 다니긴
했어도 논이나 밭에서 하는 막일을 한 적이
없다고요.
그렇게 곱게 자란 어머니께서 시골로 시집
오셔서 젊은 시절부터 고생 고생하셨지요.
그것도 모자라 일흔이 다 되도록 일복이 넘치고
있으니 이를 어찌할까요.
어머니 이렇게 생각하시면 어떨까요. 아버지도
안 계시고 자식들도 다 출가시켰으니 이제
홀가분한 기분으로 오십 년 전의 처녀 시절로
되돌아가는 거예요. 마음만이라도…

2002.5.18.

어머니는 고향입니다

부슬부슬 비가 내리는 거리에서 집 잃은
새끼 고양이가 거리를 헤매고 있었어요.
아침 출근길이었는데 등교하던 아이들도
신기하고 안쓰러운 듯 야옹거리며 어찌할
바 모르는 고양이를 바라보고 있었지요.
아파트 숲 어느 틈엔가 살던 도둑고양이가
낳은 몇 마리 새끼들 중 한 마리인 것 같았어요.
잘 커봤자 도둑고양이 되어 어두운 골목길에
불쑥 나타나 길 가던 행인들 간담을 서늘하게
할 뿐일 테지만 그때만은 새끼 고양이가
불쌍하고 안 되어 보였어요.
처음 집 떠나와 혼자 살 때는 가끔 저도
새끼 고양이처럼 갈 길 몰라 외롭고 두렵던
때가 있었지요. 돌아갈 고향이 있고 지켜봐
주시는 어머니가 계신 것이 견딜 수 있는
큰 힘이 되었지요.

200.5.20.

종모엄니

종모엄니 인생두 기구하다면 기구혀. 치매 이십 년 병간호 하던 남편 먼저 보내고 미칠 못 가 그이도 갔잖어. 옛날엔 시골에서 농사지으며 공장 댕기면 꿩먹고 알먹기 도랑치고 가재잡기 일석이조였지. 종모아부지 대전으로 통근열차 타고 소주공장 보일러실 댕겼잖어. 종모엄니 그 월급으로 땅도 조금 샀지만 대부분 일수놀이 했잖어 좌우간 종모엄니 주머니엔 항상 지폐뭉치가 이만큼씩 있었잖어. 그 집에 검은 그림자가 드리운 건 다 큰 맏딸을 잃고 나서부터일 걸 서울서 공장 댕기던 큰딸이 연탄가스 중독돼서 미칠 못 살고 병원에서 죽은거. 전수학교 나온 큰 아들은 대전 지하상가에서 라지오 테레비 고치는 전파사했는디 장가가서 애 둘 낳고 바람나서 이혼을 한거. 그 후로 애들은 시골 할미 차지가 되었지. 손주 중 한 놈은 글쎄 학교 댕겨오다 차에 친겨. 친 사람이 동네 이우지여서 보상도 제대로 못 받고 절뚝절뚝 평생 불구가 되었지. 그런저런 일 때문인지 종모엄니 환갑도 안 돼서 치매가 온거. 여기저기 얻어맞고 얼굴이며 온몸 할퀴어 가면서도 성심껏 마누라 돌보던 종모아부지 기력 잃고 한번 쓰러지더니 세상도 무심치 그 길로 황천길 가셨잖여. 누군가 그 얘길 누워있는 종모엄니한테 했더니 종모엄니 눈에서 굵은 눈물을 보이더랴 몸은 성치 않아도 뭔가 느끼는 것이 있던 거겠지. 바깥양반 삼오제 지내구 바로 종모엄니도 눈감았지.

아버지와 소나무

아버지 젊었을 적 뜻이 있어
불무골 칡산에 소나무를 심으셨다.
소나무 여남은 그루 한 해 몽땅 심지 않고
한 해 걸러 혹은 두 해 걸러
한 그루 한 그루 정성껏 심으셨다.

아버지 소나무 키우기를
한 나무에만 유독 사랑을 주지 않고
여남은 그루 골고루 사랑하시어
물을 줄 때도 거름을 줄 때도
가지치기를 할 때도 열과 성을 다 하셨다.

아버지 뜻 거스르지 않고
소나무 여남은 그루 모두 곧게 자라
한 고을의 내로라하는 재목감이 되었다.
이윽고 아버지 손수 집을 새로 짓는데
기꺼이 소나무를 베어내 기둥 할 만한 것은 기둥으로

서까래 할 만한 것은 서까래로 쓰셨다.

기둥은 기둥의 자리에서
서까래는 서까래의 위치에서
중심을 잡고 서 있으니
한 채의 볼품 있는 집이 되었다

아버지는 소나무를 키우듯 육남매를 키우셨고
육남매 키우듯 소나무를 키우셨다.

2002.5.22.

바쁘신 어머니께

꽃을 보며 출근했습니다.

장미꽃은 화려하지만 향기 그리 많지 않고

쥐똥나무 꽃은 좁쌀만 한 것이 어쭙잖게

생겼지만 향기는 제법 그윽했습니다.

아파트 단지 입구에서 뻥튀기와 밥풀과자를

놓고 파는 아저씨는 하루의 사업을 위하여

일찍부터 상품을 진열하고 있었고, 초등학교

근처 횡단보도에는 초록어머니회 어머니들이

나와 교통정리를 하고 있었지요.

지하철역 입구에는 토스트와 김밥을 파는

아줌마가 공복에 출근하는 사람들을 유혹하고

있었어요. 짧은 시간 동안에도 평범하게 일상을

사는 사람들의 삶을 많이 목도할 수 있었어요.

그런 가운데 눈코 뜰 새 없이 바쁘실 어머니

얼굴이 보였어요. 저도 바쁘면서도 의미 있는

하루하루를 살겠습니다.

2002.5.23.

시원이 할머니께

시원이는 이제 앵두처럼 예쁜 입술이
어떤 입술인지 알아요.
빨갛게 익은 앵두를 만져 보고 비벼보고
먹어보기까지 했으니까요.
시원이는 개구리가 얼마나 시끄러운
친구들인지도 잘 알아요.
갓 모내기 끝낸 무논 속에서 와자지껄
떠들어대는 개구리들의 함성을 들었거든요.
부강에 가면 새로운 것도 보고 배울 수 있고
먹을 것도 많고 마당 넓어 놀기도 좋다고
서울 올라오자마자 시원이는 시골 또
언제 가네요. 오디맛 딸기맛에 반했나 봐요.
안녕히 계세요.

2002. 5. 27.

빨간 앵두를
아기참새 앉아서
먹을까 말까.

아버지의 어머니께

지게를 잘 지려면

우선 작대기 다루는 법을

알아야 하는 것을

작대기 하나로 균형을 잡으며

집채만 한 짐도 거뜬히 지고 일어나시던

아버지가 생각납니다. 진작 아버지께

지게 작대기 다루는 법을

배웠어야 했는데 그러질 못 했습니다.

작대기는 옆에 허깨비로 세워놓고

다리 힘만으로 일어나려 했으니

이리 고꾸라지고 저리 엎어지고 어디 솜뭉치인들

제대로 질 수 있었겠어요.

오늘 문득 농사꾼 아버지가

그리워집니다.

안녕히 계세요.

2002. 5. 29.

어머니께

오늘은 2002년 서울 월드컵이 시작되는 날입니다.
세계에서 공을 가장 잘 차는 내노라하는 선수들이 모여
축구 시합을 벌이는 대회지요.
진작부터 야단야단하더니 오늘 드디어 개막하나 봅니다.
어머니께서도 아시다시피 우리나라는 16강 진출이
목표예요. 이왕 하는 거 우승하면 좋겠지만 다른
종목과는 다르게 축구만큼은 세계 수준에 아직 못
미치나 봐요.
모두 32개국이 출전하는데 1차 예선을 통과하면
16강에 오를 수 있어요.
히딩크라는 명감독도 영입했고 선수들도 투지가
불타고 있으니 잘 될 것도 같아요.
어머니 같이 응원해요.

2002. 5. 31.

할머니의 며느리께

할머니께서 위독하시다는 전화를 받았습니다.
어머니와 할머니는 고부관계로 만나
오십 년 가까이 함께 살아오셨습니다.
미운 정보다 고운 정이 많으면 좋겠지만
두 분 사이는 아쉽게도
그러지를 못 했던 것 같습니다.
그것은 누구의 잘못도 아닌 고부관계에 대한
그릇된 전통의 대물림 때문일 것입니다.
어머니 이제 할머니에 대한 감정
모두 풀어버리시고 고이 보내드리세요.
따뜻한 말 한 마디 할 수 없는 할머니의
괄괄한 성격 때문에 그렇지
속정은 깊으신 분 아닙니까.
겉으로 직접 표현은 안 하셨어도
동네 어른들에게 어머니 자랑하시는 얘기를
종종 들었던 기억이 납니다.
지난번 내려갔을 때 할머니 눈빛이

많이 흐려져 있어 걱정했는데 우려가 현실로

나타난 것이 아닌지 염려가 됩니다.

2002.6.3.

어머니께

할머니 계실 때는 밥맛이 없어도
하루 세끼 챙겨드려야 할 분이 계시니
억지로라도 한두 숟갈 뜨셨을 텐데
이제 혼자 계시니 그나마도 소홀히
하시는 것은 아닌지 걱정이 앞서는군요.
어머니께서는 객지에 나가 있는 자식들은
다 굶기를 밥 먹듯 하는 줄 알고 걱정하셨지요.
하지만 아니었어요. 각종 회식이다
모임이다 해서 일주일에 한두 번씩은
좋은 음식 맛난 음식을 먹을 수 있었어요.
"밥이 보약여. 밥을 많이 먹어야
힘이 생겨 일도 하고 공부도 하지."
어머니께서 저희들에게 늘 하시던 말씀입니다.
"엄니 밥이 보약여.
끼니 거르지 말고 잡숴."

2002.6.11.

까치소리 어머니께

해맑은 참새 소리를 들으며 출근했어요.
어린 시절을 생각하면 참새 소리, 까치 소리를
들으며 자랐다고 할 수 있어요.
대추나무 가지나 처마 밑에서 지저귀는 참새소리에
눈을 뜨고 은행나무 둥지에서 노래하는 까치소리를
들으며 세수를 했지요.
어느 날부턴가는 까치소리를 흉내 내고 싶었어요.
참새는 짹짹, 제비는 지지배배, 뻐꾸기는 뻐꾹뻐꾹,
까마귀는 까악까악, 하지만 까치소리는 흉내 낼 수 없었어요.
우리들의 언어, 말로는 도저히 표현하지 못하겠어요.
까까까, 깟깟깟 그 어느 것도 마음에 들지 않았어요.
제가 풀지 못한 숙제, 어머니께서 한번 풀어보세요.
까치소리처럼 언제 들어도 반갑고 정겨운 어머니 목소리…

2002.6.12.

망초꽃 어머니께

길가에 흔하디흔한 망초꽃을
어려서는 망춧대라고 불렀지요.
늘 접하면서도 꽃이란 생각은 들지 않았어요.
푸대접을 받건말건 봄이면 망초꽃은
또 길가에 흐드러지게 피어났지요.
아이들은 망초꽃을 계란꽃이라고 불러요.
꽃 모양이 계란의 흰자 노른자 같이
생겼다고 그렇게 부르나 봐요.
어린 시절 망초꽃은 저의 유일한 친구였어요.
가끔 저는 망초꽃 숲으로 들어가
망초꽃이 되었지요.
외롭던 저를 이해해 준 것은 망초꽃,
망초꽃 같은 어머니뿐이었어요.
어머니께서도 가끔 밭둑에 앉아
망초꽃의 친구가 되어 주세요.

2002.6.14.

대한민국大韓民國 어머니께

우리나라 동서남북東西南北, 상하좌우上下左右

어디를 봐도 어머니만큼

훌륭한 분은 없어요.

일등一等 어머니,

어머니를 사랑(愛)합니다.

어머니께서는 우리나라를 대표하는

국가대표國家代表 어머니입니다.

효도孝道하겠습니다.

2002.6.18.

볕 좋은 마당
묵은 빨래 마르고
무얼 먹을까?

종배

윤배동생 종배, 종배는 중핵교 나왔을걸 중핵교 졸업하고 바루 서울 올라가더니 을매 안 있어부텀 운전을 배워서 택시 몰았잖여. 삐까번쩍한 택시에 서울 번호판 달고 한 두어 번 인가 지덜 엄마보러도 왔었지 종배엄니 큰아들 목수, 둘째아들 택시운전수 됐으니 아덜들 먹고 살만해졌다고 좋아했는디 어느날 종배가 아홉시 뉴스에 나온 거 아녀 택시 파업을 주동한 혐의로 구속된 사람 중에 종배가 있던겨. 택시노조 위원장인가 부위원장이었다잖여. 피는 못 속인다구 빨갱이 집안은 다르다구 입방구 떠는 이덜두 있었지. 종배엄니 모르게말여 징역 일이년 살고 나온 모냥인디 지금도 택시일 한다지 아마 빨간 조끼 입고 데모하러 댕기는거 봤다는 사람도 있고 그 일 있고는 통 안 내려오니께 자세한 건 알 수가 없지 뭐. 요즘도 인편을 통해 용돈도 보내긴 보내나 본디 돈도 좋지만 종종 내려와서 쓰레트 지붕도 고치고 가스렌지 안 사와 두 지덜 엄마 얼굴 보며 따슨 밥 하냥 먹는 것도 좋을틴디 여적 장가도 안 가 자석도 없는디 뭐가 그리 바쁜가 모르겠네. 욕덜 보서. 마누라 지청구 하기 전에 난 올러갈팅께.

어머니께

얼마 전에는 시원이에게 천자문을 가르쳐보려고 천자문
배운 토끼 얘기를 해 주었지요.

천자문 배운 토끼는 뛸 때도 깡충깡충 하지 않고,

하늘 천, 따 지, 검을 현, 누를 황 한다고요.

그랬더니 시원이 혼자 놀다가도 심심하면

하늘 천, 따 지, 검을 현, 누를 황 이러고 다녀요.

그럼 어머니께 한자 배운 토끼 얘길 해 드릴게요.

한자 배운 토끼는 일주일을, 월화수목금토일 하지 않고,

달월 일, 불화 일, 물수 일, 나무목 일, 쇠금 일, 흙토 일,

날 일 이러고 다닌대요.

2002. 6. 20.

마침 돈대엔
만물상 트럭소리
왔어요 왔어!

사랑

나는 사랑을 아버지께 배웠다.
아버지는 사랑을
말이나 행동으로 표현하지 않았다
하지만 아버지와는 말없이도
통하는 무엇인가가 있었다.

나는 사랑을 할머니께 배웠다
할머니는 사랑을
손주들 잘 먹이는 것으로 갈음하셨다
어디를 가시든 할머니는
빈대떡이며 과일 한 조각이라도 꼭 챙겨오셨다.

나는 사랑을 어머니께 배웠다.
어머니는 사랑을
희생과 봉사로 대신하셨다.
당신 몸이 삭아 없어져도
자식들 위한 일에만 매달리셨다.

2002.6.22.

어머니께

지난번에는 어머니를 모시고
구즉 금고리 외갓집에 갔었지요.
어머니께서도 가 보신 지
오래된 것 같고 저도 외갓집이
어떤 곳인지 한번 가보고 싶었어요.
제가 너무 어렸을 때의 일이라 그건지
외갓집에 대한 기억이 전혀 없어요.
외숙모 한분만 계시는 외갓집은
허름하고 을씨년스러워보였지만
쇠똥 하나도 다 정겨워보였어요.
너무 오래되어 어머니의 어린 시절
흔적들은 찾을 수 없었지만
어머니께 일화 한 토막을 들을 수 있었지요.
등굣길 따라오는 강아지를 쫓아버리지 못해
잃어버릴 뻔 했던 이야기,
그래서 외할아버지께 혼이 난 이야기.
그때 말씀하시는 어머니의 눈빛이
그 시절로 돌아간 듯 촉촉했습니다.

2002.6.24.

샛별 같은 어머니께

요즘은 별 보기도 힘들어졌지만 용포 고개 넘어
기차통학을 할 때는 아침저녁으로 밝게 빛나는 수많은
별을 볼 수 있었지요.
별똥별 떨어지는 모습도 수십 번은 더 봤을 거예요.
별똥별 떨어질 때 소원을 빌면 그 소원이 이루어진다는
 말에 소원을 빌어보려 했지만 번번이 실패하고 말았어요.
어어, 머뭇거리다 보면 별똥별은 흔적도 없이 사라지고
말았지요.
그도 그럴 것이 돈도 많이 벌고 싶고, 좋은 글도 쓰고
싶고, 하고 싶은 것이 너무 많아 무엇을 빌어야 할지
결정을 못하고 있었어요.
새벽부터 밤까지 논으로 밭으로 별 보러 다니시는 어머니,
어머니께서도 별똥별을 만나거든 소원을 빌어보세요.

2002. 6. 26.

참된 삶을 살아오신 어머니께

가끔 저는 지금 제가 살고 있는 삶이
진짜 삶이 아니란 생각이 들어요.
단지 지금은 진짜 삶을 살기 위한
준비과정일 뿐이란 것이죠.
참된 삶, 진짜 삶.
내가 꿈꾸는 삶은 이게 아닌데
제 나름대로 하루하루 최선을 다하고 있지만
가끔은 가짜 삶을 살고 있다는 마음에
소홀히 하는 일도 있어요.
人生은 한번뿐이란 것을 잘 알면서도
때때로 몇 년 몇 월 며칠 몇 살 때부터
내 삶이 진짜 삶인지 알고 싶을 때가 있어요.
안녕히 계세요.

2002.6.27.

큰집에 사시는 어머니께

예전에는 누구네 집에 방이 더 많은가
셈해 보는 것도 자랑거리가 되었지요.
안방, 안방 골방, 윗방, 윗방 골방, 사랑방, 사랑방 골방,
건넌방, 문간방 등등
식구 수만큼 방도 많았지요.
변소 수는 또 어떡하고요.
지금 그런 자랑할 기회가 있다면
큰소리 칠 수 있을 텐데,
"변소 세 개인 집 있으면 나와 보라고 해!"
변소 얘기가 나와서 그런데 어머니,
이제는 화장실에서 볼일 보실 때
신문지 그만 쓰시고 화장지 쓰세요.
위생상, 건강상에도 좋다니까요.
접대용으로만 놔두지 마시고 화장지를 쓰세요.
절대 사치나 낭비가 아니니까요.

2002.6.28.

은행나무 옆집 어머니께

저는 옆집 은행나무를 볼 때마다
자꾸 아쉬운 생각이 들어요.
원래는 우리 건데, 우리 집이
은행나무 집이 될 수 있었는데
우리 집이 옛날에는 옆집 자리였고,
은행나무도 증조할아버지께서 심으셨다는
얘기를 들어설까요.
그 집터는 좁아 그저 그런데
은행나무 하나는 마음에 들거든요.
은행나무 아는 사람, 보는 사람에게 마다
저 나무는 우리 증조부께서 심은 것이라고
자랑하지만 그것만으로는 직성이 풀리지 않아요.
그래서 올 가을에는 공주에서 은행나무
열 그루를 캐다가 뒷밭에 심을 거예요.
미래를 위해, 다음 세대를 위해
오늘 제가 할 수 있는 한 가지 일이에요.

2002. 6. 29.

대한민국大韓民國 어머니께

생일生日 축하합니다.

생신生新 축하합니다.

어머니(母)의 생신을 축하祝賀합니다.

음력 오월五月 이십二十 사일四日

양력 칠월七月 사일四日

오늘 하루만이라도

아무 일 하지 마시고 푹 쉬세요.

2002.7.3.

수빅이

욱골 할머니 승질 한번 대단했지 본동엔 당할 자가 읎었
지 그런디 애를 못 낳잖여 그래서 수빅이를 어디서 주서다 키
운 거 아녀 장가들기 전까장 수빅인 그 사실을 몰랐어 피차
알어서 좋을 것도 읎은께 쉬쉬 한 거지얼굴도 곱상하고 어느
집 피붙친지 머리도 좋아서 공부도 제법했내벼 근역 처녀들
한테 인기가 많았어 매배에서 방앗간 하던 은기가 수단 좋게
지 여동생하고 연을 맺어줬잖여 그런디 혼담이 오가는 중 수
빅이가 지 출생 비밀을 알게 된 겨 전쟁통에 그런 일이 한 둘
여 속상하다구 한 잔 두 잔 마시다가 그만 술독에 빠지고 만
겨 중독이 됐지 딸 아들 하나씩 낳고 살긴 살았는디 불혹도
안 되어서 간경화에 걸린 겨한 마디로 간딩이가 부은 거지술
에 이기는 장사 읎다잖여 소집 트럭 얻어 타고 디다 봤더니
원체 허연 얼굴이 바싹 마르니께 산송장 같어서 못 보겠더라
구 애들은 어리구 피붙이라도 있어야 간이식이다 뭐라도 기
대해보지 마지막으로 한잔 먹고 싶다고 그래서 두꺼비소주
두어 잔 따라 줬더니 그것 마시고 아주 갔다잖여 아직 젊은디
생각하믄 안 됐어

어르신 어머니께

어제 방송을 보니 하루에 한 시간씩
낮잠을 자는 것이 뇌기능 향상에도 좋고
오후 일의 능률도 오른다는
연구 결과가 나왔답니다.
이제까지 반평생 며느리 노릇하느라
맘껏 누워보지도 못하고 살아오신 어머니,
그 동안 욕봤슈!
이제 모실 웃어른도 안 계시고
어머니 비로소 어른이 되셨으니
벌건 대낮이라 남 볼까 두려워 마시고
낮잠도 달게 주무셔 보세요.
잘 때는 맨땅에서 그냥 주무시지 마시고
얇은 담요라도 꼭 깔고 주무세요.

2002. 7. 4.

캐러멜을 좋아하시는 어머니께

한 오 년 전인가요.
엘리베이터에서 만난 아이에게
사탕 하나를 건넨 적이 있어요.
그 후로 그 아인 나만 보면
꼬박꼬박 인사를 해요.
출퇴근 시간과 등하교 시간이 달라
자주 만나지는 못하는데 며칠 전 만나
몇 학년이냐? 물었더니 6학년이 되었대요.
그때는 아주 꼬맹이였었는데
키도 커서 저만해졌어요.
한동안 시원이를 사탕으로 구워삶곤 했는데
사탕이 두뇌 발달을 막고
면역력을 떨어뜨린다는 연구 결과가
나왔다는군요. 그렇지 않아도 감기를 달고
사는 시원이가 나 때문이 아닌가 하여
사탕을 멀리하고 있어요.
하지만 사탕 하나로도 많은 일을 할 수 있다는
제 생각에는 변함이 없어요.

2002.7.5.

농사꾼 어머니께

정년퇴직을 앞두고 장인어른 마음이
편치 않은가 봅니다.
퇴직 후의 생활에 대해 대강 계획은 세운
모양이지만 평생을 교직에 몸 담아 오시다가
막상 그 자리를 떠나야 하니
여러 상념들로 복잡도 하겠지요.
공무원 생활에도 정년이 있고
회사 생활에도 정년이 있어
일정한 나이가 되면 좋든 싫든
퇴직을 해야만 하는데 유일하게
정년이 없는 곳이 있으니 그곳이
바로 논일 밭일 어머니가 하고 계시는
농사일이 아닌가 합니다.
한평생 농사꾼으로 사셨으니
이제 미련 없이 명예롭게 퇴직해도
괜찮지 않을까요.

2002.7.9.

새로움을 추구하는 어머니께

지난 일요일에는 안방 가구 배치를
바꿨습니다. 가구래야 장롱은 덩치가 커서
건드리지 못하고 침대와 화장대를 옮겼습니다.
좁은 방 가구 조금 옮긴다고 뭐 새로울 게 있을까
대수롭지 않게 생각했습니다.
막상 옮겨놓고 보니 새 집으로 이사 온 듯
신선함이 느껴집니다.
집사람은 침대에 앉으면 도시 야경이 보이고
누우면 하늘의 별이 보인다고 좋아하고
시원이는 콘도로 놀러 온 것 같다며 좋아 합니다.
어머니께서도 윗방의 옷장과 재봉틀을 옮기시곤
방이 넓어졌다며 흐뭇해 하셨지요.
생활의 변화, 생각의 변화가 필요합니다.

2002. 7. 10.

시원이의 부강 할머니께

오늘은 시원이의 네 돌 생일입니다.

조그만 케이크을 준비하고

과자도 몇 봉지 사고

제 철 아닌 포도 한송이와 귤도

몇 개 무리해서 샀습니다.

시원이 다니는 YMCA 아기스포츠단에도

초코파이와 음료수를 보냈습니다.

시원이 파란 자동차에는 풍선을 매달아

풍선차로 만들어 주었습니다.

언제나 주인공처럼 받들어 모시지만

오늘은 시원이가 진짜 주인공입니다.

사진기가 고장만 안 났어도 더 좋았을 텐데,

그것이 유감입니다.

2002.7.11.

시원이

"대한민국에서 이놈만큼 잘 생긴 놈
있으면 나와 보라고 해"

아버지가 그토록 자랑해 마지않던
시원이는 무럭무럭 자라고 있어요.
아버지 사진을 보면 손을 땅에 짚고
큰 절도 잘 해요.

아버지 실망시켜 드리지 않도록
바르게 키울게요.

2002.7.13.

어머니의 꿈

오늘은 해맑은 날입니다.
장마도 잠시 우리나라를 비켜 서 있고
시원이 기침도 씻은 듯이 사라졌습니다.
걱정 많이 했는데 걱정한 것이
무색할 정도로 잘 놀아요.
어머니의 모든 병과 근심 걱정도
하룻밤의 꿈처럼 사라졌으면 좋겠어요.
꿈은 이루어진다. 꿈처럼 우리나라는
월드컵 4강 신화를 이루었지요.
어머니께서도 좋은 꿈만 꾸세요.
건강해지는 꿈만 꾸세요.

2002.7.16

윤여사 어머니께

집사람을 신여사라고 부르는 것이
듣기 좋다고 말씀하시니 다행입니다.
결혼 초, 이름 부르기도 그렇고
여보, 당신, 하기도 쑥스러운 등
서로 호칭 주고받기가 익숙하지 않을 때
어쩌다 부르게 된 것이 신여사였어요.
처음에는 나이 지긋한 사람들이 부르는
호칭 같아 어색하기도 해서
농담삼아 불러 보았는데 이젠
여러 사람 앞에서 집사람을 부를 때는
습관처럼 신여사가 튀어나오곤 합니다.
어머니께도 '윤여사' 라고 불러드릴까요.
수박, 참외도 많이 컸겠는데
할머니 탈상 때나 내려 갈 것 같습니다.
그늘을 좋아하세요. 뜨겁잖아요, 어머니.

2002. 7. 12.

많이 번 어머니께

어제는 두모실 고모할머니 댁에 갔었지요.
근사하게 집을 짓고 꾸며 놓은 화실에서
지현이 아저씨가 따라주는 재스민 차를 마시며
환담을 나누었지요.
그림을 볼만한 안목은 안 되지만
지현이 아저씨의 노력과 정성, 일가를 이룬
성과를 느낄 수 있었어요.
저도 다시 한 번 마음 다잡고
멋진 글을 써 봐야겠어요.
외롭고 힘든 일이겠지만 적어도
지현이 아저씨가 그림으로 이룬 만큼은
저도 글로써 이루어야겠다는 생각이에요.
"많이 벌었네, 많이 벌었네."
이 말씀은 두모실 할머니께서
두고두고 하신 말씀이지요.

2002.7.22

건강하신 어머니께

예전 증조할머니나 증조할아버지 기일이 되면
영등포 할머니와 두모실 할머니께서는
자주 부강에 오시곤 하셨지요.
우리 할머니를 포함해서 세 분이 모이시면
무슨 할 말씀들이 그렇게 많은지
밤 이슥하도록 도란도란 정담을 나누곤 하셨지요.
새벽이면 일어나 마당을 쓸고
마당가의 풀을 뽑던 영등포 할머니,
젊어서 고생한 탓에 굽은 허리와
자식들 걱정에 노심초사 하셨으면서도
빼어난 유머 감각으로 웃음을 주시는
두모실 할머니, 이제 세 분 중 한 분이던
할머니도 돌아가시고, 두 분 할머니들도
많이 늙으셨어요.
모쪼록 건강하게 오래오래 사셨으면 좋겠습니다.

2002. 7. 23.

107

넓은 마음을 가진 어머니께

어린시절을 생각하면 규석이한테
미안한 점이 있어요.
방학만 시작되면 고모 아들 삼형제는
짐을 싸들고 부강으로 내려왔지요.
얼굴 하얗고 서울에 사는 그들이
저는 한없이 부러웠어요.
내려올 때마다 한 보따리씩 싸들고 내려오는
멋있어 보이던 옷가지도 부러운 것 중
하나였지요. 고모부가 옷 만드는 회사
사장차를 모는 운전기사였다는 것은
나중에야 알았지요.
어머니께서는 여러 애들을 위해
고구마나 감자를 한 솥씩 쪄서
주전부리 대신 하도록 하셨지요.
어느 날인가 저는 규석이에게
몹쓸 말을 하고 말았어요. 솥을 열고
자꾸 감자를 꺼내먹는 규석이가 얄밉던 저는

규석이에게, "감자 먹지 마! 우리 꺼야!"

소리 지르고 말았어요.

서울에 살면 다 잘 사는 줄만 알았지요.

그들의 어려운 형편을 몰랐어요.

그때 일만 생각하면 규석이에게 미안해요.

2002.7.24.

문배아저씨

문배아저씨 똥구멍 찢어지게 가난했댜. 오죽 먹을 것이 읎었으면 지발로 종살이를 다 한다고 했겄어. 있는 놈이 더 한다구 아저씨 이리저리 구박과 설움도 많이 받았내벼. 일찌감치 친척집 종살이 쫓겨나고 장가들어 아들 딸 셋 낳았는디 젠장 몹쓸병에 걸린겨. 아저씨 임종 직전 애덜 불러 놓고 옛날 아랫기와집 종살이 살던 얘기를 하더랴. 꼭두새벽부터 일어나 나무 및 짐 해 놓고 문앞논 닷 마지기 가래질 새빠지게 다 하구밥을 먹는디 고봉밥 먹는다고 쫓겨났다구. 긍께 자석들 정신 챙겨서 살으란 뜻이였을틴디 자석들도 썩 잘 풀리지는 않는 모냥여. 큰애 중핵교 나와 친척 공장에 취직했는디 오래 댕기지 못하고 낙향했어. 주물공장 댕기다 목, 갑상선 수술을 했는디 목소리가 잘 안나오내벼. 구장 소개로 면사무소 청소부일 나가는디 아직 총각여. 둘째는 고등핵교까지 나와서 전투경찰로 군대까장 갔다왔는디 귀가 어두워진 모냥여 교과서 만드는 공장 댕기다 정리해고 당하고 여기저기 지게차 몰러다닌댜. 뒤늦게 베트남 처녀와 결혼해서 딸 하나 낳았지. 달달이 및 십만원씩 붙여줘야 하는디 돈벌이가 불안정

하니 그것도 어려운개벼. 돈 못 부친 달에는 마누라가 근처에 얼씬도 못하게 한다잖어. 애는 시어미한티 맡기고 요즘엔 마누라도 스쿠터 몰고 빵공장에 댕긴다지 아마 대여섯 살밖에 안 된 것이 여간 약은 게 아니개벼, 할머니 마을회관에서 점 십원짜리 고스톱 치고 있으믄 할므니, 할므니 이거먹어, 이거먹어 한다잖어.

어머니 덥지요?

덥다 덥다 요즘처럼
더위를 느껴 본 적도 없는 것 같아요.
낮에는 불볕 햇살에
숨쉬기 힘들고
밤에는 또 열대야로
잠자기조차 힘들어요.
이 더위에도 어머니께서는 아침나절
깨를 베고 오셨다지요.
어머니 이런 날에는 선풍기 틀어놓고
한자공부나 하시다가 그래도 더우면
감나무 밑 그늘에서 찬물에 발 담그고
수박이나 꺼내 드시며 지내세요.

2002.7.29.

분꽃 같은 어머니께

분꽃이 피면 저녁 지을 시간이라고요?
정확히 말하면 분꽃이 피면 보리쌀 일어서
저녁 준비할 시간이란 뜻이지요.
옛날에는 저녁 식사를 하려면
한소쿠리씩 보리쌀을 쪄야 했지요.
제가 보리밥 안 먹으려고 뺀질대던 얘기는
지난번에 했으니까 생략하고…
분꽃, 달맞이꽃 얘기나 하려고요
분꽃이나 달맞이꽃은 모두 저녁이나
밤에 피는 꽃이지요.
환한 낮에는 지듯 시들어 있다가 황혼녘이면
힘을 내 피어나 밤을 밝히지요.
인생의 황혼을 맞이하신 어머니 분꽃처럼
달맞이꽃처럼 희망을 갖고 활짝 피어보세요.

2002.7.30.

챔피언 어머니께

어머니 자랑할 일이 있어요.

어머니 아들이 이번에 한자능력시험 1급에

합격했어요. 뭐 대단한 일은 아니어서

자랑할 만한 것도 못 되지만 제 나름대로

도전하고 노력해서 얻은 결실이라

기쁨과 뿌듯함이 함께 하는군요.

어머니께서도 하실 수 있어요.

저는 어머니를 믿어요.

도전하세요. 도전하셔서 어머니도

챔피언이 되세요. 기쁨을 맛보세요.

2002. 7. 31.

앙상한 줄기
뽑아버리고 상추
서리 한주먹!

할머니께, 시원이

어느 날 밤늦어서 방에 들어가 자라 했더니

시원이 하는 말

"내 맘대로 할 거야 !"

대뜸 이러는 거예요.

놀랍기도 하고 어이없기도 하고 우습기도 했어요.

시원이가 새로운 말을 배우는 중인데

자유로운 사고를 키우는 의미에서라도

제동 걸 생각은 없어요.

커 가면서 하나씩 하나씩 바로 세워야겠지요.

"어머니, 어머니 맘대로 사세요."

2002.8.1.

고춧잎나물,
상추쌈용 고추장!
고마운 고모.

방학 없는 어머니께

유치원에도 방학이 있어서
시원이 요즘 방학 중이잖아요.
유치원 다닐 때는 가끔 가기가 싫은지
칭얼대더니 막상 방학을 하니까 심심한가 봐요.
세준이도 보고 싶고, 동민이도 보고 싶고,
혜원이도 보고 싶대요.
누구랑 놀아, 누구랑 놀지.
방안에서 뒹굴며 시원이가 하는 말이에요.
마당 넓은 부강에 가서 형, 누나와 놀고도 싶대요.
어머니께도 방학이 있었으면 좋겠어요.
무리하게 일만 하지 마시고
"오늘은 무슨 일 하며 놀지"
이렇게 생각하면 어떨까요.

2002.8.2.

옥씨기

할머니는 옥수수를
옥씨기라고 부른다.

차 멕혔을틴디
애덜 배고프겄다
옥씨기 쪄놨슨께
시장기 덜고 있어.

쫄디기 고기 넣은
짐치찌개 올려놨슨께
끓걸랑 저녁먹자.

목 멕히믄 양은 주전자
옥씨기물도 먹고

할미니는 옥수수를
옥씨기라고 부른다.

옥수수차보다 구수한

옥씨기물.

2002.8.4.

성갑이

저게 누구여 삐조리 성갑이 아녀? 박사 동상 성갑이가 웬일이랴 지 성네 잠깐 댕기러 왔다잖여 쟈이 안 풀린다구 내동 걱정하던디 농협 대출금 갚으러 왔능가 차는 아주 크네 그냥 버스만혀 청주에서 애덜 학원차 몬다잖여 아침저녁으로 애들 등교두 시키구 장가는 안 간댜 사십이 넘었지 사십이 뭐여 오십이 다 되었지 자동차 운전만 하지 말고 소두방 운전수도 구해야 하는디 성갑이 순둥이라 그럴 거 이빨이 약해서 그려 갠찮은 처자 있으믄 한번에 꽉 물어야 하는디 나이도 있는디 그간 뭐 읊었겄어 이런저런 말 못할 사정이 있었겄지 남녀 사이란 참 모르는 거 아녀 그나저나 지 아부지 돌아가시고 지 엄마랑 산다더니 성갑이 엄니 치매끼는 좀 어떻탸? 조석으로 성갑이가 밥 해대다 심해져서 감당못하고 지 누나집에 보냈다지 아마 삐조리감 자꾸 떨어지는 거 보니께 올해도 감은 흉년인게 벼

사랑이 가득한 어머니께

어머니 러시아의 대표적인 문호 중에
톨스토이란 사람이 있어요.
『전쟁과 평화』,『부활』등
훌륭한 소설을 많이 남겼지요.
저는 그의 동화『사람은 무엇으로 사는가?』를
읽고 가장 큰 감명을 받았어요.
하느님께 벌을 받고 지상으로 내려온 천사가
인간생활을 하며 인간 속에 있는 것은 무엇이고,
인간에게 주어져 있지 않은 것은 무엇이며,
또 인간은 무엇에 의해 살아가고 있는가를
깨닫는 과정을 그리고 있는 내용이에요.
글의 주제는 하나, 사랑이었어요.
인간 속에는 사랑이 있고
인간은 사랑에 의해 살아간다는 얘기였지요.
어머니께서도 한 번 읽어보세요.
저도 이런 글 한 번 써보고 싶어요.

2002.8.6.

좋은 어머니께

어머니 『좋은 생각』이란 월간지가 있어요.
일반 서민들이 살아가는 이야기가
잔잔히 담겨 있어요. 먼 딴 나라 이야기가
아니라 우리들의 가까운 이웃 이야기라 그런지
더 따뜻하게 다가오곤 합니다.
이 책을 읽고 감명 받아, 교통사고로
불구가 되어 좌절했던 사람이 기운을 차리고,
가출했던 아이가 집으로 돌아가고,
사업 실패로 실의에 빠져 있던 사람도
다시금 재기의 결의를 다지기도 한 대요.
어머니께서도 한 번 읽어보셨으면 좋겠어요.
어머니가 책 읽기에 익숙해지시면
정기구독 시켜 드릴게요.
어머니께서도 "좋은 생각" 많이 하며 사세요.

2002.8.7

시원이의 부강 할머니께

또 비가 내립니다.

누가 흘리는 눈물일까요.

눈물 하면 슬픔이 떠오르지만 저는

기쁨을 생각하렵니다.

기쁨의 눈물 말입니다.

그러나 저러나 시원이이란 놈

눈물이 많아서 걱정이에요.

좀 뭐라고 하면 금방 큰 눈에 그렁그렁

눈물이 고이거든요.

어릴 적 저를 보는 것 같아 기분이 씁쓸합니다.

사내답게 강하고 씩씩하게 자랐으면 좋겠는데…

자신감이 부족해요.

어머니, 시원이, 종영이에게는

다 같이 용기와 자신감이 필요합니다.

2002.8.8.

창릉천 망초
이석처럼 찾아온
장마에 어질!

122

이해할 수 있는 어머니께

저는 어머니의 삶을 이해할 수 있어요.

저는 어머니의 일을 이해할 수 있어요.

시원이를 키우면서 저는

하루에도 몇 번씩 이해할 수 없는

시원이를 이해하려고 노력합니다.

육남매를 키우면서 어머니께서는

얼마나 많은 그와 같은 노고가 있었을까요.

속 터지는 일들 말이에요.

어릴 적 제 행동을 제 자신이

이해할 수 없는 것들도 많으니

어머니께서야 오죽했겠어요.

저는 어머니의 사랑을 느낄 수 있어요.

저는 어머니께 받은 사랑을 시원이에게

물려 줄 수 있어요. 더하고 곱해서…

2002.8.9.

쑥부쟁이는
장마를 이겨내고
피어났구나!

햇살 같은 어머니께

파란 하늘이 보입니다.

모처럼 날이 개어 햇살도 간간히 비치니

기분까지 밝아지는 느낌입니다.

흐린 날이 계속되어 눅눅해진 후에야

햇살의 고마움을 느끼게 되는군요.

평상시에는 잊고 지내다가

중요성을 깨닫는 것이 어디 햇살뿐이겠어요.

마시는 물, 숨 쉬는 공기,

맨날 먹는 밥도 그렇죠.

부모님의 사랑, 아이의 소중함,

아내의 필요성도 가까이할 때는

잊고 지내기가 쉽죠.

가끔씩 떨어져 있어봐야

애틋함을 느낄 수 있나 봅니다.

2002.8.9.

도전하는 어머니께

어쩌면 어머니께서는 책상 앞에 앉아
책과 씨름하는 것보다 부뚜막 앞에 앉아
부지깽이 들고 있는 것이
더 쉬운 일인지도 모릅니다.
어쩌면 어머니께서는 연필을 잡고
글을 쓰는 것보다 호미를 잡고 풀을 매는 것이
더 어울릴지도 모릅니다.
평생 해 오신 일이니까요.
하지만 어머니 할 줄 아는 것이
그것밖에 없다고는 생각하지 마세요.
쌀자루 속에서 뉘를 골라내고
바구미를 잡아낼 수 있으면
글자 한 자 한 자를 익히고 뜻을 알아낼 수 있어요.
용기를 가지고 도전해 보세요.

2002. 8. 13.

아버지의 아내 윤여사님께

요즘 젊은 여자들에게 이 얘기를 하면

들고 일어나 야단들이겠지만

봉건시대에는 삼종지도란 말이 있었어요.

여자는 자고로

어려서는 아버지를 섬기고

시집가서는 남편에 의지하고

남편을 여읜 후에는 자식을 따르라는

어머니 말씀 듣다 보면

어머니 마음속에는 아직도 아버지에 대한

그리움이 가득 차 있는 것 같아요.

오늘이 아버지 생신날이니

아버지에 대한 생각이 더욱 간절하겠군요.

아버지를 못 잊는 만큼

자식들에게도 기회를 주세요.

2002.8.14.

돌보지 않은
맨드라미 동산에
웃자란 풀들!

어머니

어느 책에서 본건데요.
생각만 하고 읽지 않으면
고집불통 외골수 이기주의자가 되고요.
읽기만 하고 생각하지 않으면
바보 멍청이 어리석은 사람이 된데요.
어머니 홀로 계신다고 남들이
업신여긴다는 생각을 갖고 계신가 본데,
그럴 리도 없겠지만 가까이
잘난 아들이 있는데 뭐가 걱정이슈
너무 심각하게 받아들이지 마세요.
그래봤자 잠 못 자고 속상해 하다가
어머니 몸만 상한다니까요.
즐거운 생각만 하세요.

2002.8.14.

어머니 동산
맨드라미 피었다
말할 수 없네.

일개미 여왕님께

불무골에는 여왕개미님이 살고 계십니다.
여왕님의 슬하에는 스물다섯 명의
일개미가 있습니다. 왕이 되기 전까지
여왕님은 부지런한 일개미로서
그분을 따를 개미가 없었습니다.
남부럽지 않은 훌륭한 왕국을 건설한 것도
다 그분 덕택입니다.
이제 즉위에도 오르고 연세도 드셨으니
일은 그만 하고 손주 개미들이나 바라보며
쉬실 때도 되었는데 여왕님은
계속 일만 하시려고 합니다.
스물다섯 일개미들에게 있어
여왕개미님이 어떤 존재인지
여왕님은 잘 모르시나 봐요.
여왕님은 우리들의 뿌리요, 안식처요
기둥이요 희망이요 해님이십니다.
부디 옥체 보전하시길 간절히 바랍니다.

그것이 우리들을 행복하게 하는 길입니다.

2002.8.17.

재원이 할머니께

꼬마손님 재원이가 집에 온다고 하니까
시원이가 제일 좋아했지요.
시원이 동생 생겼다고 좋아하다가도
제 장난감을 독차지 하려는 재원이가
미워지는지 심통도 부려요.
이게 뭐야? 이게 뭐야?
뭘 그렇게 궁금한 것이 많은지
재원이는 끊임없이 묻기를 좋아해요.
재원이는 지금 말 배우는 중이에요.
아기를 안 길러본 것도 아닌데
재원이가 집에 온 후로
모든 것이 조심스러워져요.
안녕히 계세요.

2002.8.19.

맨드라미꽃,
엄니처럼 남았네.
마당 한 구석.

재원이 할머니께

웃는 아기 얼굴 중 미운 모습 있을까마는
재원이 웃는 모습은 참 귀여워요.
웃을 때마다 보이는 앞니 두 개,
웃을 때마다 생기는 볼우물 두 개,
재원이 웃는 모습은 참 예뻐요.
시원이 하는 행동 똑같이 따라하고
노래를 불러주면 흥겹게 춤을 추는
재원이가 점점 좋아집니다.
막내 내외가 들으면 섭섭해 할지도 모르지만
엄마 아빠도 자주 찾지 않고
적응 잘 하고 있어요.
잘 먹고, 잘 자고, 잘 놀고, 잘 싸고…

2002.8.22.

시원이 재원이 할머니께

비 오는 날
어디 나가지도 못하고
재원이 시원이만
졸졸 따라다니는데

책 보려면 책 달라하고
장난감 갖고 놀면 장난감 달라하고
그림을 그리려면 크레용 달라하네
그러다 그러다 한판 붙었네.

비 오는 날
어디 나가지도 못하고
시원이 재원이를
슬슬 피해 다니는데

침대에 올라가면 침대에 따라오고
소파에 앉았으면 소파에서 밀어내고

엄마 무릎 앉았으면 엄마 무릎 차지하네.

그러다 그러다 한판 붙었네.

2002.8.22.

재원이 할머니께

어머니, 참 이상하지요.

재원이 저희 집에 일주일 와 있는 동안

살이 통통하게 쪘다고

막내 내외 걱정하니 말이에요.

제가 어머니께 배운 상식으로는

잘 먹여야 잘 하는 것이고

잘 먹어줘야 고맙고 예쁜 것인데 말이에요.

그래도 삐쩍 말랐다는 소리 듣는 것보단 낫네요.

재원이가 워낙 잘 먹어요.

어머니께서도 많이 드세요.

그래서 살 좀 통통하게 찌세요.

2002.8.27.

도랑꾸상

　백천교 철다리 밑에서 달리던 열차에서 떨어진 커다란 트
렁크를 주은 후 벅쇠 아버지는 도랑꾸상 되었지. 도랑꾸는
트렁크의 일제 잔재 트렁크 속에 뭐가 들었었는지 자세히 모
르겠지만 미군이 쓰던 잡동사니라고 알려졌지 거기서 나온
성인잡지로 배운 조기 교육 덕분에 벅쇠 누나 오산 어디 양공
주 되어 귀국하는 양키 따라 미국에 갔지. 벅쇠 형제 누나 초
청장 덕분에 장도에 올랐지만 몇 달 못 버티고 귀국했는데 벅
쇠형 혀 굴리는 게 영 어색하더군 흑말백말 다 타 봤다고 자
랑인지 뻥인지 심하더니 벅쇠 그 버릇 어디 가 백천교 다리
밑에서 귀가하던 여학생 건드리다가 걸려 콩밥 먹고 나왔지
지금은 읍내에서 오토바이 타고 신원조회 필요없는 중국집
짜장면 짬뽕 배달하는데 약간 정상이 아닌 여자 소개 받아 아
이도 하나 얻었지 평상시에는 말이 없는데 며느리 가끔 벅칼
들고 시어미한테 덤벼들어 질겁한다더군. 병들어 일찌감치
돌아가 존돌에 묻힌 철뚝 도랑꾸상은 말이 없고.

저의 어머니께

어머니, 요즘 즐거우세요?

기쁘게 사세요.

힘들면 공부 안 해도 좋아요.

아무 걱정 근심 없이 편하게 사실 수 있다면

공부하고 안 하고는 중요한 게 아니죠.

제가 공부 얘기를 꺼낸 것은

어머니께서 아무런 희망과 의욕도 없이

힘들어 하시는 것 같아,

어떤 돌파구를 마련해 드려야겠다는

생각에 권해 드렸던 거예요.

쌓아 놓은 일거리 두고

공부만 하시란 것도 무리지요.

천천히 하나하나씩 익혀 보세요.

시험은 계속 있으니까요.

2002.8.28.

재원이 할머니께

보면 볼수록 재원이 그 놈 마음에 들어요.
이십 개월도 안 됐는데 의사표현이 분명해요.
좋은 건 좋은 거고
싫은 건 싫은 거예요.
시원이와 대거리를 할 때도
쉽게 포기하지 않고 끝까지 덤비는 것이
보통내기가 아니에요.
커서도 여러 사람 마음에 드는
그런 아이로 자랐으면 좋겠어요.

2002.8.29.

아버지의 아내께

어머니께서도 아시죠.

코미디언 이주일.

사람들 웃겨주는 일을 업으로 삼던 그도 얼마 전 폐암으로
이승을 떠났지요.

웃는 모습의 영정을 앞세우고 환갑을 갓 넘긴 나이에
말이에요.

그분도 고생고생하다가 나이 마흔이 되어서야 빛 보기
시작해 한 이십 년 남부럽지 않게 살았지요.

국회의원도 한번 했으니까요.

남모르는 아픔과 쓰라림 왜 없었겠습니까마는 겉보기에는
화려했죠.

그와 관련된 티브이뉴스를 보면서 저는 자꾸 아버지가
떠오르는 거예요.

어머니께서도 그러셨어요?

2002.9.1.

약속

아버지,
돈 많이 벌어서
어머니 코 높여 주겠다던 약속
어머니는 아직도 잊지 않고 있는데
아버지는 그 약속을 잊으셨나요?

아버지,
돈 많이 벌어서
어머니 다이아 반지 사 준다던 약속
어머니는 아직도 기억하고 있는데
아버지는 그 약속을 잊으셨나요?

아버지,
돈 많이 벌어서
어머니 세계 여행시켜 준다던 약속
어머니는 아직도 간직하고 있는데
아버지는 그 약속을 잊으셨나요?

2002.9.2.

사랑하는 어머니께

어머니 힘내시라고, 기운 차리시라고

몸은 비록 떨어져있지만 마음만이라도 어머니

곁에 있고 싶어서 말씀 나누듯, 대화하듯 엽서를 보내 드렸지요.

올해 안에 보내기로 했던 백통의 엽서가 어느덧 벌써 다 되어가는군요.

어머니 그동안 즐거우셨어요?

일하고 힘드신데

짐이 된 것은 아닌지…

제 엽서 받고 기쁘셨다면 그것만으로도 저는

행복하고 보람을 느낍니다.

2002. 9. 3.

오디가 자꾸
오디가 오디? 오디
먹고 가라네.

힘찬 어머니께

집사람이 병원에 다녀왔어요.

임신 6주래요.

늘상 듣던 말

힘든 일 하지 말고

무리한 운동도 하지 말고

먼 거리 여행도 자제하래요.

그런 말보다 반가웠던 소리는

태아의 심장이 힘차게 뛰고 있다는 것이었어요.

다음번 병원 갈 때는 저도 함께 가서 태아의 심장

뛰는 모습을 제 눈으로 직접 봐야겠어요.

2002.9.9.

클났네, 시방.
차 시간은 다 되고
오디가 자꾸.

주인장 어머니께

어머니 안 계신 집에 먼저 도착해보니
흰둥이 개는 배 홀쭉한 채 사람이 반가운지
꼬리를 흔들고 넓은 마당에는 바지랑대만이,
수돗가 감나무 밑에는
감과 감잎들이 널브러져 있었어요.
부엌문은 방충망만 쳐진 채 열려 있고
부엌 바닥에는 고양이 발자국이
몇 개 찍혀 있었지요.
주인 없는 빈집이란 이런 것이구나.
을씨년스러움이란 이런 것을 두고 하는 말이구나.
저는 짐도 풀지 못한 채
시원이를 데리고 감나무 밑으로 가
제법 붉어진 감 하나를 따 시원이에게 주었지요.
우선 낙감과 감잎부터 치워야 했어요.

2002.9.9.

시와 동화 할머니께

아내가 시원이를 가졌을 때

제 화두는 시원함과 시였습니다.

시원시원한 삶과 사람들을 감동시키는 시

이번 아내의 아기 소식에 제 화두는

웃음과 동화입니다.

잔잔한 웃음과 꿈을 키워주는 동화

제대로 된 시와

제대로 된 동화 한편

완성하는 것이 저의 가장 큰 소망입니다.

안녕히 계세요.

2002.9.10.

재주 많은 어머니께

어머니께서는 가끔 자식들 자랑을 하셨죠.

첫째는 어떻고, 둘째는 어떻고, 셋째는 어떻고…

다들 재주 많은 형제자매들이라서

자랑할 것이 많았지만 유감스럽게도

둘째인 저는 아무 재주가 없었지요.

잘하는 것도 없죠. 공부도 못했죠.

칭찬받을 짓을 한 것도 없죠.

그래서 겨우겨우 어머니께서 찾아낸 것이

방고래 구들장 사건이죠.

지금 살고 있는 집을 새로 지을 때

방고래에 구들장이 내려앉아 막힐 뻔 한 것을

제가 우연히 찾아낸 일이 있었죠.

그 일을 두고 제 성격이 찬찬하고 꼼꼼하고

세심하다나 뭐라나…

어쨌든 어머니 고맙습니다.

2002.9.19.

144

필승 어머니께

세상에 지기 좋아하는 사람 있을까마는
시원이는 정말 지기 싫어해요.
달리기도 일등 해야 하고, 씨름도 이겨야 하고
윷놀이도 이겨야 하고 밥 먹기도 일등 해야 해요.
소변보기까지 일등 해야 한다고
우기는 것은 좀 심하죠.
지는 것이 이기는 것이란 속담도 있듯이
지는 법도 배워야 하는데 그것을 가르치기에는
시원이는 아직 어리죠.
제가 어렸을 적 콩밭 매기나, 고추 따기,
깨 비닐 씌우거나 벼 베기 등을 할 때
황새 어른들 따라가느라 가랑이 찢어지던
뱁새 제 생각이 나는군요.
용기와 지혜, 착한 마음씨도 일등인
시원이가 되었으면 좋겠어요.

2002.9.19.

엄니,

일이 그렇게 좋으슈.

막내네 집에 계실 때는
일에 대해 하나 생각하지 않고
맘 편히 계셨다지만
목소리에 힘이 없었지요.

집에 내려가시더니
김장밭 매랴, 약 치랴
열무 다듬으랴 고추 따랴
논일 밭일 밀려 있어서
걱정이라면서도
목소리에 힘이 느껴지네요.
생기가 도네요.

엄니,
일이 그렇게 좋으슈.

2002.9.16.

146

시원이 할머니께

집사람은 둘째가 딸이길 바래요
저야 아들 딸 크게 선호하는 편이 없습니다만
집사람 바람 따라 딸이라서 그런지
시원이 때 하지 않던 입덧이 심해요.
입덧 심하면 딸이라면서요.
한 끼 굶으면 큰일 나는 줄 알더니
밥도 싫대요.
밥 냄새가 역겹대요.
무국도 끓여보고
북어국도 끓여보고
제 요리 솜씨만 나날이 늘고 있어요.

2002.9.17.

오뚜기(오뚝이) 어머니께

엎친 데 덮친 격

설상가상

악전고투

이런 말들이 떠오르는 날들입니다.

입덧으로 고생하는 것도 모자라

고뿔(감기)까지 옹팡 걸려

아무것도 먹지 못하고 누워 있어요.

아무래도 집사람은 이번 추석에

못 내려갈 것 같아요.

저는 시원이 데리고 기차 타고 내려가야겠어요.

어머니께서는 건강하시죠?

2002.9.18.

꽃을 닮은 어머니께

지난번에는 어머니께서 틈틈이 가꾸어 놓은
꽃밭에서 봉숭아 꽃잎을 따 시원이와 사이좋게
새끼손톱과 약지 손톱에 물을 들였지요
처음 손톱에 물들였을 때는
꽃물이 손가락 부위까지 삐어져 나와
아까징끼(빨간약) 바른 듯 고추장인 듯하여
좋아 보이지 않더니 며칠 후
손가락에 물든 꽃물 지워지고 나니
한결 빛나 보이기 시작했어요.
손톱에 물들인 봉숭아 꽃물이 첫눈 올 때까지
지워지지 않으면 첫사랑이 이루어진다는
속설이 있지요.
손톱 물들인 지 얼마 안 있어
아내의 회임 소식을 접했어요.
저의 두 번째 사랑이 이루어지는
발아하는 순간이었지요.
제 손톱을 물들인 봉숭아 꽃물은

아직 반달만큼 남아 있어요.

어머니께서는 무슨 꽃을 좋아하세요.

2002.9.18.

백점 어머니께

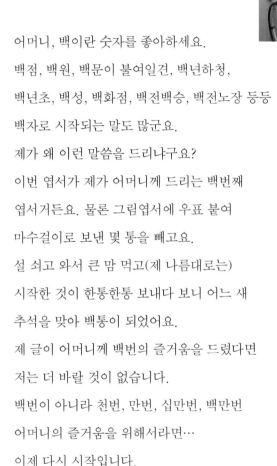

어머니, 백이란 숫자를 좋아하세요.

백점, 백원, 백문이 불여일견, 백년하청,

백년초, 백성, 백화점, 백전백승, 백전노장 등등

백자로 시작되는 말도 많군요.

제가 왜 이런 말씀을 드리냐구요?

이번 엽서가 제가 어머니께 드리는 백번째

엽서거든요. 물론 그림엽서에 우표 붙여

마수걸이로 보낸 몇 통을 빼고요.

설 쇠고 와서 큰 맘 먹고(제 나름대로는)

시작한 것이 한통한통 보내다 보니 어느 새

추석을 맞아 백통이 되었어요.

제 글이 어머니께 백번의 즐거움을 드렸다면

저는 더 바랄 것이 없습니다.

백번이 아니라 천번, 만번, 십만번, 백만번

어머니의 즐거움을 위해서라면…

이제 다시 시작입니다.

2002.9.20.

엄니, 죄송해유

자슥까지 있는 커다란 놈이
변변찮은 모습을 보여드렸슈.
이제 다 나셨슈.
엄니께 더 이상 약헌 모습 보이기 싫었는디
그때는 어쩔 수 없었슈.
처음엔 감긴 줄 알았슈.
푹 자고 일어나면 괜찮겠지 생각했는디
그게 아니었슈. 더 심해진 거 있쥬.
근자에는 지가 감기도 걸린 적이 없는
건강한 몸이었어유.
운동도 열심히 하고 실제로 감기 정도는
약 없이도 이겨낼 자신이 있었거든유.
참다참다 병원에 갔더니 편도선염이래유.
엄니도 건강 조심하서유.

2002.9.25.

찬바람 불면
월하감 배탈난다
배꼽 감춰라!

어머니

올 고구마 작황은 작년만큼
썩 좋지 않다면서요.
궂은 날이 많았고
비가 너무 많이 와서 그런가 봐요.
그나저나 고구마도 캐야하고 은행도
털어야 하고 논밭에 뿌려놓은 곡식들
수확도 해야 하는데 제가 바빠서
큰일입니다.
간단한 시험이라 생각해서 접수했는데
준비하다 보니 그리 만만치 않아서요.
시험일이 시월 중순이라
짬을 낼 수 있을지 모르겠습니다.
몸조심 하세요, 어머니.

2002.10.11.

엄니, 저 왔슈.
고구마 쪄놨슨께
빨랑 와 잡숴.

종닉이

왜정 때 종닉이 아부지 일본으루 징용 끌려갔는디 어띠키 된 건진 몰러두 일본 여자를 데리구 집으루 온 거 아녀. 을메 안 있어 종닉이 태어났는디 바루 해방이 된 겨 그리키 되니께 종닉이 엄니는 같이 못 살구 어디루 떠나구 엎친데 덮친격 종 닉이 아부지두 병들어 죽었어. 종닉이 졸지에 사고무친 천덕 꾸러기가 된 겨. 먼 친척 문간방에 한동안 얹혀살다가 열 댓 살 돼서 술 배울 쯤 십시일반으루 흙벽돌집을 한 칸 져 줬잖 여. 종닉이 땡깡이 시작된 것두 그때 쯤일 겨. 좌우간 동네잔 치는 종닉이 땡깡으루 시작해서 종닉이 땡깡으루 끝났으니 께. 아마 서른두 넘어서 겨우 장가갔을걸. 부강 복다방에서 커피 배달하던 여잔데 삼백인가 사백 빚 갚아주구 데려왔잖 여. 첨 한두 해는 애 둘 낳구 잘 살었지. 그런디 그니가 손버 릇이 안 좋았던 모냥여. 이우지 곡석 자루가 하나 둘씩 없어 지는디 가만 보니 농사두 안 짓는 종닉이 마누라 장날이믄 한 보따리씩 이구 장에 가더란 말여. 무슨 돈으루 파마두 허구 화장두 진해지구 쬐그만 동네에서 소문이 어디루 가겄어. 종 닉이 술기운에 마누라 버릇 고친다구 패대기를 쳤내벼. 그날

루 종닉이 마누라 맞구는 못산다며 눈팅이 밤팅이 돼서 나갔
는디 복다방인지 썬다방인지 지 고향으루 갔댜.

시원이 할머니께

어머니, 시원이가 개구쟁이가 다 되었어요.

얼마 전 시원이 운동회가 있어서

시원이 선생님을 만났거든요.

시원이가 많이 명랑해지고 활발해졌대요.

친구들과 어울려 사이좋게 놀기도 하고요.

유치원 버스에서 장난치다가

인솔 선생님에게 혼나기도 한다나요.

제가 그렇게 못 커서 그런지 시원이라도

장난꾸러기로 활발하게 자랐으면 좋겠어요.

시원, 시원하게요.

서리도 내리고 아침저녁으로 쌀쌀한데

몸조심 하세요, 어머니.

2002.10.9.

토실토실한
불무골 고구마맛
끝내 준당께!

어머니께

한동안 엽서 드리지 못했습니다.
어머니께서도 아시다시피 시험준비로
바빴거든요.
준비 기간도 짧았고 시험 특성도 제대로
파악하지 못하고 시험을 봐서 결과는
좋을 것 같지 않습니다.
어쨌든 시험 끝나고 나니 홀가분합니다.
한눈파는 사이 어느덧 계절은 가을
한복판을 지나고 있습니다.
어머니 모시고 그동안 가지 못했던
단풍놀이나 가려 했더니
날씨가 쌀쌀해져서 걱정입니다.
환절기 몸조심 하세요.

2002.10.22.

가을이 왔다,
선발투수 바뀌듯
여름은 퀵훅!

팡팡 어머니께

햅쌀로 지은 밥을 먹었지요.
자르르 기름이 흐르는 것이
맨 밥만 먹어도 맛났지요.
손수 버무려 보내주신 생채까지 있으니
밥 한 공기 금세 뚝딱!
밥 먹기 전 할머니께, '잘 먹겠습니다.'
인사 드리고 먹으랬더니,
시원이 어머니 사진을 보며
넙죽 절을 하네요.
'할머니 잘 먹겠습니다. 팡! 팡!'
팡팡은 시원이 장난치는 소리예요.
저는 어머니께서 일을 너무 많이 하셔서
미운데 시원이는 어머니께서 일 잘 해서
예쁘다니, 웃어야 할지 울어야 할지…

2002.10.29.

강판되 여름,
지긋지긋 했는데
미련은 뭐꼬!

158

도리깨질을 하며

저는 어려서 도리깨질을 거의 못해봤어요.
자루야 한두 번 잡아봤겠지만 도리깨 쇠날에
맞으면 어쩌나 겁도 났고, 행여나 다칠까
자식들 위하는 어른들 마음에 제재를 받았겠지요.
그때까지만 해도 도리깨질은 어른들이나
하는 고난도의 일이라 여겨지기도 했지요.
능숙한 솜씨는 아니었지만 아버지 산소에
깻대를 펼쳐놓고 도리깨질을 했지요.
깨알은 제법 떨어졌지만,
"그렇게 밖에 못해!"
지켜보시던 아버지께서 흉이나 보지 않으셨는지?
어떻게 해서든 어머니 일손 덜어드리는
제 마음 아시면 아버지께서도 용서해 주시겠지요.

2002.10.30.

전원의 어머니께

엄니 글쎄, '전원일기'가 없어진다네요.
문화방송 뿐 아니라 한국 최장수 프로그램으로서
풋풋한 고향의 정을 느낄 수 있어 남녀노소, 농촌,
도시 사람 할 것 없이 모든 이들의 사랑을 받았던
전원일기가 폐지된다니 서운함이 앞섭니다.
오래 전부터 각 방송사의 시청률 경쟁에 떠밀려
계륵 신세가 되어 이리저리 방송시간을 쫓겨다닌
것도 사실이지요.
너무 오래 방영되다보니 소재도 고갈되고
신선감이 떨어져 식상하게 되었고, 변화하는
농촌 현실을 제때 반영하지 못해 온 면도 있지요.
어쨌든 전원일기가 종영을 앞두고 있다니
고향을 잃는 듯한 아픔이 느껴집니다.

2002. 11. 7.

캔디 어머니께

엘리베이터에서 만난 낯선 아이에게
사탕 한 알을 준 적이 있지요. 잘 모르는 저에게
꾸벅 인사를 한 답례품이었어요. 그 후로
우린 가끔 엘리베이터 안과 밖에서 만났지요.
초등학교 일학년이었던 아이가 육학년이 되었으니
벌써 오년이란 시간이 지났어요.
많은 얘기를 나눈 적은 없어서, 아마도 그 아이
눈엔 제가 만나면 사탕 주는 마음씨 좋은 아저씨
정도로 밖에 여겨지지 않을 거예요. 그러면 어때요.
제 자신도 애당초부터 감언이설로 누굴 꼬드기고
싶은 생각은 없었으니까요.
단지 사람들 사이에도 사탕처럼 달콤한 정이 스며들기를
 바랄 뿐이지요.
어머니 달콤함을 맛보세요.

2002.11.13.

어머니께

날이 추워요.

따뜻함이 생각나는 계절입니다.

추위가 너무 빨리 왔어요.

아직 배추 속도 차지 않았는데

추위가 먼저 찾아왔어요.

갓 썰어놓은 바구니에서 노란 배추 고갱이

골라먹는 재미 제법 솔솔 했는데…

김장은 하셨어요?

도와드리지도 못하고

승원이 백일 때나 뵈어야겠네요.

떡 해가 지고 상경하신다면서요.

몸조심 하셔야 합니다.

이번 독감은 하도 지독해서 잘 낫지 않아요.

2002.11.19.

잘 익은 홍시,
드리려니 없어라!
때늦은 후회.

시원이 할머니께

누굴 닮아서 그런지 시원이, 사내놈이
눈물이 흔해서 큰일이에요.
지난 토요일 어머니 상경하셨을 때
부강 할머니 하고 재원이 보러간다고
신나 있었는데 독감 때문에 못 간다고 했더니
울고불고 야단이 나서 달래느라고 혼났어요.
지난번에는 외할아버지가 전화 하셔서
여기는 함박눈이 펑펑 내린다고 하셨나 봐요.
시원이 공주에는 눈이 오는데 여기는
왜 안 오냐며 눈물을 펑펑 쏟잖아요.
저를 닮은 건 아니지요, 어머니. 찔끔.

2002. 11. 27.

월하 감나무
아낌없이 주었지.
받기만 했지

시원이 부강 할머니께

시원이 마음이 너무 여려, 이래서는
안되겠다 싶어 한번은 잠자리에 누워서
팔베개 해 주며 달래듯 말했지요.
"시원아, 사나이는 태어나서 세 번만 우는 것이야.
태어나서 한 번, 고시에 합격했을 때 한 번,
대통령에 당선되었을 때 한 번, 알겠지?"
시원이 그 얘기 잊지 않고 있다가
지난번 공주에 갔을 때 무슨 얘기 끝에
그 얘기를 꺼내 외가 식구들 배꼽을 잡고 웃었잖아요.
꾸러기 시원이 기분 좋을 때는
세 번 우는 것이라고 했다가
어떤 때는 열 번 우는 거래요.
과자 안 사줄 때, 엄마한테 혼났을 때 등등

2002. 11. 28.

낼름 먹다가
떫다고 투정부려
속만 썩였지.

164

시원이 할머니께

시원이놈 오늘은 유치원에 갔다 오더니
오자마자 씩씩거리며 마카펜으로 안방 방문에
써 붙여놓은 유치원 친구들 이름들 중에서
한 아이(전세리)의 이름을 막 지우는 거예요.
세리는 시원이가 좋아한다던 여자 아이여서,
왜 그러니? 하고 물어도 대답도 없어요
다툰 모양이구나 혼자 생각하고 있는데
얼마 안 있어 시원이 스케치북을 꺼내
뭔가를 쓰고 그리는 거예요.
모른 체 하고 있다가 가만 보니, 그곳에는
박시원 전세리 이름을 큼지막하게 써놓고
하트 모양을 여러 개 여러 색으로 그려놓은 거 있죠.
시원이가 요즘 이성에 눈을 뜨고 있나 봐요.
재밌기도 하고… 건강 조심 하세요.

2002.12.14.

시원이 부강 할머니께

아침이었어요. 시원이가 무슨 생각을 했는지
충전기에 꽂혀 있는 제 휴대폰을 꺼내다가
제 가방 속에 넣어준다는 거예요.
이놈이 또 무슨 꿍꿍이 속인가 우려하면서도
그러라고 했지요.
아침 식사 후 출근하면서 습관처럼 가방 속
휴대폰을 확인하려고 보니 가방 속에는 휴대폰과
함께 노란 블록이 하나 들어 있는 거예요.
블록을 꺼내놓고 출근하려니 시원이가 한사코
블록을 가져가야 된대요.
블록을 가방 속에 넣고 출근하는데 자꾸 웃음이
나오고 왠지 기분이 좋아지는 거 있죠.
저는 오늘 시원이에게 값진 선물을 받았어요.
노란색 사랑을 받고 행복했어요.
그런데 저는 어머니께 무엇을 드리지요?

2002.12.15.

환영합니다, 어머니

여그 즌철여.
오늘 노인정 못 가.
한의원 왔어.

새해 첫날,
남들은 해맞이다 뭐다 해서 바쁜 가운데
우리 가족은 시골길을 재촉해야 했지요.
증조할머니의 제사를 모시러 가야 했지요.
우리 육남매 다 업어 키워주신 증조할머니
은혜 영원히 잊을 수 없지요.
아쉬운 가운데 행주대교를 지나며 해돋이를
볼 수 있었어요. 속으로 우리가족의 건강과
행복을 빌었어요. 갑자기 내린 눈 때문에
아찔한 순간도 있었지만
무사히 시골에 도착, 아이들과 뒷산에서
비료포대 눈썰매도 탔지요.
서둘러 제사를 마치고 어머니를 모시고
상경했지요.
어머니의 상경을 진심으로 환영합니다.

2003. 1. 1.

편안한 어머니께

우유 한통 사려고 대형 마트에 들렀다가
치킨 한 마리 사고 황토 찜질팩도 하나 샀지요.
어머니 맛보여 드리려고 사 온 건데
시원이 버릇없이 먼저 달려들고, 집사람은 엊저녁
제사 지내고 싸온 닭도 그냥 있는데 웬 치킨이냐고
타박이었지요. 제가 깜박 한 거지요. 흑수돌처럼
치킨 잘 먹던 시원이 놈 '아빠는 절약할 줄을 모른다'는
말을 해 나를 당황하게 만들었지요.
누가 뭐래도 찜질팩은 어머니만을 위한 것이었지요.
삭신이 쑤셔서 잠 못 주무신다는 말씀 정말 가슴
아팠습니다. 그것으로 조금이나마 어머니의 잠자리가
편해졌으면 좋겠어요.

                                        2003.1.3.

온천이 가서
목욕두허구 올겨.
이 그려, 유성.

168

쇠군이

　예전엔 애덜은 애덜끼리 으른은 으른끼리 머시 모였다 하든 고스톱이구 월남뽕이구 나이롱뽕이구 민화토구 도리직구 땡이구 윷놀이구 바둑이구 장기구 오목이구 자치기구 뭐든 시두때두읎이 내기 판이 벌어졌지. 내기라구 해봐야 별거 있었겄어. 찌그만 애덜은 기껏해야 고구마내기 닭서리 사과 수박서리 해오기구 으른들은 부강 양조장에서 사온 모리미 막걸리에 셔 터진 짐치 쪼가리 건건이루 퍼 마시믄서 삽 팽이 고무다라 양은냄비 내기믄 족했지 뭐. 그린디 바둑이든 장기든 오목이든 하다못해 윷놀이래두 지는 것 좋아허는 사람은 읎을 겨. 그중 달산 할머니 둘째 아덜은 특히 유별났지. 어려서부텀 뭐든 쇠군이와 시합을 허믄 누구든 쇠군이가 이기기 전까장 아무데두 못갔지. 소피 보러 갈래두 사정사정해야 겨우 갔당께 뭐를 하든 순순히 승복하는 경우가 읎었지. 형세가 불리하다 싶으면 물르자구 떼를 썼구 지가 유리할 때는 죽어두 물러주는 법이 읎었지. 오죽했으믄 떼기쟁이 쓰는 사람이 있으믄 다들 쇠군이 장기, 쇠군이 장기 한다구 했겄어. 누가 그러는디 쇠군이 아덜두 부전자전이랴.

마흔의 어머니께

여가 어디유?
유성온천 지났슈?
언제 지났댜.

오늘은 동생가족(동원이네)이 와서 삼겹살에
소주 한잔 했지요. 동생들과 그리 멀리 떨어져
사는 것이 아닌데도 만나기가 쉽지 않네요.
어머니 상경하셨을 때야 한 번씩 보게 되는군요.
소주 독해서 안 되면 맥주라도 한 모금씩
드시면 좋으련만 몸이 안 좋으시니 그게 아쉬웠지요.
삼겹살이라도 많이 드시면 좋으련만 그것도 서너 점
드시고는 아들 손자 챙기기 바빴지요. 어머니 눈에는
항상 어린애처럼 보이겠지만 거짓말처럼 저도 마흔이
다 되었어요.
저는 어머니 연세를 마흔 이후에는 세지 않았어요.
제 마음속 어머니 나이는 언제나 마흔입니다.
마흔 하면 그야말로 불혹이라 하여
어떤 유혹에도 흔들리지 않는 나이라는데
작은 일에도 자꾸 흔들리고 약해지니
그 나이라는 게 도저히 믿기지가 않는군요.
어머니도 그렇죠?

2003. 1. 4.

도라산 어머니께

오전에는 어머니 모시고 도라산에 다녀왔습니다. 모처럼
오셨는데 어디 근사한데라도 모시고 가고 싶었지요. 하지만
겨울인지라 날씨도
쌀쌀하고 어머니 당신께서 걷지를 못하시니…
임진각 주차장에 차를 대고 경의선 도라산행 열차를
탔지요. 도라산역은 2000년엔가 김대중 전대통령과
부시 대통령이 만나서 유명해 졌지요. 대기하고 있던
버스를 타고 제3땅굴로 향했지요. 안전 헬맷을 쓰고
에스컬레이터를 이용해 지하 73미터 땅굴까지 내려가서
한 200여 미터 걸어 차단벽 있는 곳까지 갔었죠.
어머니 힘들어하면 어쩌나 걱정했는데 도라산 전망대까지
그렇게 숨차하지 않고 즐겁게 둘러보시니 저도 기뻤습니다.
개성까지 15킬로, 통일이 가까운 것 같습니다.
평양까지의 육로관광도 가능할 것 같습니다.

2003.1.5.

빠꾸 안되쥬?
지하철은 다 존디
빠꾸가 안뎌.

독서광 어머니께

책 읽는 어머니 참 보기 좋았습니다.

아이들 교육상 거실에서 텔레비전을 치우고 나니

평상시는 괜찮은데 어르신들 올 때마다 죄송하기도 하고

곤란한 생각이 듭니다. 제 자신 살가운 성격이 아니다

보니 TV라도

있어야 어색함이 덜한데 말이에요.

우리 어머니 무료한 시간을 어떻게 보내나 걱정했더니

동화 책 읽는 재미에 푹 빠졌습니다. 저는 책을 조금 보고

있으면 졸음이 몰려와 방해를 합니다만 어머니께서는

책 한 권을 꿈쩍 않고 다 읽으셨습니다. 진작 공부 시작했

으면 우리들만의 어머니가 아니라 세계의 훌륭한 어머니

가 될 수 있었을 텐데 하는 아쉬움이 생깁니다.

2003. 1. 6.

172

붕어빵 어머니께

퇴근 하고 집에 왔더니 시원이 놈 내게 달려오면서
핫도그! 핫도그! 그러는 거예요.
핫도그 먹고 싶다는 말이죠. 엊저녁에 데워 먹는
핫도그 한 봉지를 사 왔거든요. 저녁 먹고 먹으라고
집사람이 허락을 안 해줬나 봐요.
제가 퇴근 하고 오면 이놈은 내 얼굴은 안 보고 손만
쳐다봐요. 손에 붕어빵 봉지라도 들려 있어야 달려와
안기지요. 아무것도 없다 싶으면 홱 되돌아서서 제 볼일을
보러 가지요.
지금 생각해 보면 저희들도 비슷했던 것 같아요. 할머니
잔칫집에 갔다 오실 때 김치전이라도 싸 오시면 무척
좋아했던 것 같아요. 그러고 보니 어머니께서 얻어 오신
기억은 별로 없는 같군요. 돈대 앞에서 몰래 드시고 온
것은 아니었겠지요. 농담이에요.

2003. 1. 7.

바람이 세다.
부서진 매미 허물
여름의 산화!

173

달콤한 어머니께

오후 일을 끝내고 책상에 앉아 잠시 쉬고 있는데
옆자리의 동료가 초콜릿을 하나 건네는 거예요.
연하장과 함께 조카가 선물로 보낸 거라나요.
그런데 그 초콜릿이 왜 그렇게 맛있던지…
출출한 시간이어서 그랬었는지, 처음 먹어본 것도
아닌데 그날따라 유난히 달콤하게 다가왔어요.
그리고 보니 사탕 초콜릿 신봉자이던 제가
한동안 사탕 초콜릿을 멀리 하고 있었군요.
시원이에게 단 것만 자꾸 먹이면 이 썩고,
성장발육도 안 되고 신체 면역력도 떨어진다고
집사람이 하도 성화를 부려서 그도 그럴 것 같아
자제하고 있었지요.
하지만 밥 대신 먹는 것도 아니고, 가끔씩 맛본다면
그리 큰 문제가 될 것은 없을 것 같아요.
우연히 맛본 초콜릿 덕분에 저는 모처럼
특별한 달콤함을 느꼈어요. 기분도 좋아졌어요.
어머니도 사탕 하나 입에 넣고 달콤함을 느껴보세요. 행복

하실 거예요. 기분도 좋아지고요.

2003.1.11.

허물은 가고
매미 울음만 남아
칡산을 찾네.

묘비명

금강이 내려다보이는 언덕

칡산을 일구어 세운 터전에서

대대로 순박한 농군으로 사셨지만

온갖 고난에도 초지일관 선한 마음과

당당한 눈빛을 잃지 않으셨던 조상님들

조상님들 피와 땀이 서린 양지밭에

정성껏 상봉의 자리를 마련하오니

불무불무 자손들 번성하고 자라나

부용산 쌍봉의 상서로운 봉황 되도록

햇빛 아래 달빛 아래 굽어보시며

무궁히 못다 한 정담을 나누소서.

2003.1.12.